LE CHOIX DE SOPHIE

58

LE CHOIX DE SOPHIE

Quatre gardiennes fondent leur club

Ann M. Martin

Adapté de l'américain par
par Lucie Duchesne

Donnnées de catalogage avant publication (Canada)

Martin, Ann M., 1955-

Le choix de Sophie

(Les Baby-sitters; 58)
Pour les jeunes de 10 à 12 ans.
Traduction de : Stacey's choice.

ISBN: 2-7625-8122-2

I. Titre. II. Collection : Martin, Ann M., 1955-
Les baby-sitters; 58.

PZ23.M37Cho 1995   j813'.54   C95-940946-7

Conception graphique de la couverture : Jocelyn Veillette

Stacey's Choice
Copyright © 1992 Ann M. Martin
publié par Scholastic Inc., New York, N. Y.

Version française
© Les éditions Héritage inc. 1995
Tous droits réservés

Dépôts légaux : 3e trimestre 1995
Bibliothèque nationale du Québec
Bibliothèque nationale du Canada

ISBN: 2-7615-8122-2   Imprimé au Canada

LES ÉDITIONS HÉRITAGE INC.
300, rue Arran, Saint-Lambert (Québec) J4R 1K5
(514) 875-0327

À Alexis, Fritzie et Mimi

CHAPITRE 1

Les feuilles mortes crissent sous nos pas.

— J'adore l'automne, et toi ? me demande Marjorie Picard.

— Moi aussi, mais, en fait, j'aime toutes les saisons. Surtout depuis que j'habite Nouville.

— Comment ça ?

— Parce que c'est différent de Toronto. Ici, il y a moins de béton, plus de parcs et plus d'endroits où on peut apprécier la nature et goûter les saisons.

— Sans compter que, dans une grande ville, il y a le bruit, le métro et tout et tout, ajoute Marjorie qui n'est pourtant allée à Toronto que deux ou trois fois.

On est lundi après-midi. Marjorie et moi revenons de l'école ensemble. Elle est en sixième année, et je suis en deuxième secondaire. (Elle a onze ans et moi, treize.)

Je m'appelle Sophie Ménard. Comme vous pouvez vous en douter, j'ai déjà habité Toronto et j'y retourne souvent. Mon père vit toujours là-bas, car mes parents sont divorcés.

Depuis quelques années, il s'en est passé des choses, dans ma vie. Un vrai film.

Je sais que d'autres enfants ont beaucoup moins de chance que moi, mais disons que j'ai eu ma part de problèmes. Je suis née à Toronto. Mes parents et moi y demeurions dans un bel appartement jusqu'à ce que j'aie douze ans. Puis l'entreprise pour laquelle travaillait mon père l'a muté à Nouville, et nous avons emménagé ici. J'ai l'impression que les adultes ne savent pas toujours ce qu'ils veulent, parce que, moins d'un an plus tard, le patron de papa l'a rappelé à Toronto. Nous avons donc plié bagages et sommes tous repartis vivre là-bas.

Je dois dire que la vie à Nouville me plaisait. J'adorais ma nouvelle école et, surtout, mes nouvelles amies, mais je m'ennuyais un peu de Toronto. J'étais contente d'y retourner. Malheureusement, mes parents ont commencé à se disputer pour tout et pour rien. Des cris et des querelles à n'en plus finir. C'est étrange, mais j'ai été quand même étonnée lorsqu'ils m'ont annoncé qu'ils voulaient divorcer. Je croyais que ça n'arrivait qu'aux autres. Le pire, c'est que papa a décidé de garder son emploi et de rester à Toronto, et maman voulait retourner à Nouville : j'ai dû décider avec qui je voulais vivre. J'ai finalement choisi d'habiter avec maman, pas parce que je l'aime plus que papa, mais parce que je me plaisais à Nouville et les amies que je m'y étais faites me manquaient.

Tout cela s'est passé il n'y a pas si longtemps. Maintenant, maman et moi sommes installées dans une petite maison ancienne, juste derrière chez Marjorie. Et papa a trouvé un nouvel appartement à Toronto. J'y ai même ma propre chambre quand je vais le voir.

Marjorie et moi arrivons devant chez elle. C'est là que nous nous séparons habituellement. Elle remonte l'allée qui mène à la porte avant, alors que je traverse la cour des Picard et la nôtre pour entrer chez moi par la cuisine.

— Tu viens à seize heures, n'est-ce pas ? crie Marjorie.

— Oui ! À tout à l'heure !

Marjorie est l'aînée de *huit* enfants. (Je ne connais pas de famille aussi nombreuse.) Je dois l'aider tout à l'heure à garder ses frères et sœurs pour environ une heure, et nous avons ensuite une réunion du Club des baby-sitters. (Nous l'appelons le CBS. Je vous en reparlerai un peu plus tard.)

— Maman ! Je suis arrivée !

Je me précipite vers le réfrigérateur.

— Bonjour, ma chérie ! dit maman en entrant dans la cuisine, le teint pâle.

Depuis quelque temps, elle est souvent fatiguée. Ce n'est pas facile d'être chef de famille, de chercher un emploi et de travailler à temps partiel.

— Maman, dis-je en la voyant s'affaler sur une chaise, combien d'entrevues as-tu passées aujourd'hui ?

— Deux.

— Seulement deux ?

J'aurais pensé qu'elle en avait passé au moins dix.

— Seulement deux, mais j'ai encore plusieurs rendez-vous.

— Mais maman, tu n'as pas à te presser pour trouver un emploi. Papa paie une pension alimentaire, non ?

— Oui, me confirme maman, mais la situation a changé. Maintenant, avec son salaire, il doit payer une maison *et* un appartement. Et les temps sont durs de nos jours. C'est pour ça qu'il me faut un emploi stable.

— Je comprends.

Je suis en train de me préparer soigneusement une collation. Je dois toujours surveiller mon alimentation, parce que je suis diabétique. Le diabète est une maladie causée par un problème du pancréas, une glande qui produit une substance essentielle à l'organisme, appelée insuline. Le corps a besoin d'insuline pour équilibrer le taux de sucre. Si le pancréas ne fonctionne pas bien, on peut devenir très malade. (En tout cas, ça m'arrive : j'ai un diabète difficile à contrôler, et c'est une des formes graves de la maladie.) Alors, pour contrôler mon diabète, je suis une diète sans sucre et je me donne des injections d'insuline. Ça peut paraître affreux, mais je n'ai pas le choix.

— Que fais-tu cet après-midi ? demande maman.

— Je garde chez les Picard avec Marjorie, mais seulement une heure. Ensuite, je vais à la réunion du CBS. Je serai rentrée à dix-huit heures quinze.

— D'accord. Où va madame Picard ?

— À une rencontre de parents, à l'école primaire. Ça concerne la classe de maternelle de Claire, je crois.

— Ah bon ! dit maman, l'air absent.

— Tu devrais faire une sieste, maman. Tu as l'air épuisée. Je peux commencer à préparer le souper et je terminerai en revenant de ma réunion. Nous pouvons souper un peu plus tard que d'habitude, ce soir. J'apporterai une collation chez Claudia. (Il faut aussi que je fasse attention à l'heure où je prends mes repas.)

— Eh bien, j'accepte ton offre, Sophie.

— Parfait.

Au même moment, le téléphone sonne et je fais signe à maman de ne pas s'en occuper.

— Oui allô? dis-je en espérant que c'est Sébastien Thomas.

Sébastien est mon nouvel ami. J'hésite à dire que c'est mon petit ami, mais nous sortons ensemble à l'occasion. C'est le frère aîné de Christine Thomas, la présidente du Club des baby-sitters et une de mes bonnes amies.

— Bonjour, Sophie! C'est ton vieux papa! fait une voix joyeuse.

— Bonjour, papa! Tu as l'air en pleine forme.

— J'ai de bonnes nouvelles. Veux-tu savoir?

— Sûr.

— J'ai enfin eu une promotion.

— C'est génial!

— Plus que tu ne le penses, dit papa. J'ai été nommé vice-président de la société pour laquelle je travaille. J'ai obtenu une augmentation de salaire, un plus grand bureau, et d'autres avantages. C'est ce que j'attendais depuis longtemps.

— Oh! félicitations, papa! C'est fantastique!

— Merci, merci. Tu ne le vois pas, mais je te fais une révérence.

J'éclate de rire.

— Et on a même organisé un souper en mon honneur, poursuit papa.

— Oh! la la!

— Sophie, j'aimerais que tu m'y accompagnes.

— Où ça, au souper?

— Évidemment.

— Les enfants sont admis?

— Je ne crois pas qu'il y aura beaucoup d'enfants, mais tu es spéciale. Tu est la fille de l'homme en l'honneur duquel ce souper est organisé. Tu seras mon invitée.

11

— Eh bien, d'accord. C'est pour quand?

J'espère que papa va m'annoncer que ce sera pendant la semaine, comme ça j'aurai congé d'école une journée. Mais non.

— Vendredi de la semaine prochaine, répond-il. Tu pourrais passer la fin de semaine avec moi. Je trouverai des billets pour un spectacle samedi, et on pourra aller dans un grand restaurant. Et, j'oubliais, tu pourrais t'acheter une jolie robe pour le souper. Utilise la carte de crédit de ta mère, et je la rembourserai.

— C'est super! Merci! Écoute, papa, il faut que je te laisse, parce que je dois aller garder. Mais j'expliquerai tout ça à maman, et je te rappellerai pour que tu me donnes plus de détails. Félicitations encore!

Quelques minutes plus tard, je cours comme une folle et j'arrive hors d'haleine chez les Picard.

Margot me fait entrer. Elle a sept ans. Claire, qui est en maternelle, a cinq ans. Et il y a Nicolas, huit ans, Vanessa, neuf ans, et Antoine, Bernard et Joël (des triplets identiques), qui ont dix ans.

— Allez, viens! s'écrie Margot en me prenant la main. Viens voir ce qu'on fait. On est très occupés.

Margot m'entraîne dans la salle de jeu, où ses frères et sœurs sont assis au milieu d'une mer de bandes dessinées et de revues.

— Avez-vous fondé un club de lecture? dis-je.

— Un club de lecture? demande Joël d'un ton grognon.

— Joël! avertit madame Picard.

— Je m'excuse, dit immédiatement Joël.

— Marjorie et Sophie, annonce madame Picard, je serai absente une heure seulement. Je sais que vous avez une réunion du Club à dix-sept heures trente. J'essaierai de rentrer pour dix-sept heures.

— D'accord, répondons-nous d'une même voix.

Madame Picard se dépêche de sortir, et je m'approche de Joël.

— Alors qu'est-ce que vous faites ?

— On commande des échantillons.

Vanessa, qui est affalée sur un canapé, tient un magazine dans ses mains et est entourée d'une pile d'autres revues. Elle lève les yeux vers moi.

— C'est incroyable, ce qu'on peut commander ! Et ce n'est pas cher. J'ai déjà commandé un échantillon de revitalisant pour cheveux. Et un exerciseur pour le buste. L'exerciseur coûte environ cinq dollars, mais le revitalisant est presque donné.

— On va essayer de trouver d'autres choses à commander gratuitement, ajoute Nicolas.

— Je l'ai ! s'écrie Antoine d'un air triomphant. En fait, c'est presque gratuit. Pour vingt-cinq cents, on peut obtenir une boîte de sacs à biberons.

Marjorie et moi échangeons un regard complice. Au moins, les enfants sont occupés. Ils s'amusent jusqu'au retour de leur mère.

— Des sacs à biberons ! fait Marjorie, pendant que nous nous rendons à vélo chez Claudia Kishi, pour la réunion.

— Un exerciseur pour le buste !

— Mes frères et mes sœurs sont vraiment incroyables, ajoute Marjorie.

— Depuis combien de temps commandent-ils des échantillons ?

— Environ une semaine.

— Ça a commencé quand Antoine a vu sur la couverture d'un de ses magazines de bandes dessinées une annonce sur un gadget qu'on vendait seulement cinquante cents. Il l'a commandé et, depuis, les autres l'imitent. Ils n'ont encore rien reçu, cependant.

Nous remontons l'allée qui mène chez Claudia, cadenassons nos vélos à la clôture, puis entrons sans sonner. (Nous faisons toutes ça pour les réunions. Les Kishi ne s'en formalisent pas.)

— Bonjour ! dis-je en montant l'escalier.

— Bonjour ! répond Claudia.

Claudia est la vice-présidente du CBS, je suis la trésorière et Marjorie est membre junior.

Claudia et moi sommes les meilleures amies du monde, même si on ne se connaît pas depuis très longtemps. Je l'ai connue lorsque j'ai emménagé à Nouville pour la première fois. Comme c'est souvent le cas entre des vraies amies, nous avons beaucoup de points communs sur certains plans, et pas du tout sur d'autres. Nos familles sont différentes, et nous ne nous ressemblons pas physiquement. Je vous ai expliqué que je suis fille unique et que mes parents sont divorcés. Claudia, elle, a une sœur aînée (Josée le génie) et ses parents sont très heureux ensemble. De plus, Claudia est née à Nouville et a toujours vécu dans la même maison. Moi, j'ai les cheveux blonds, et maman me permet d'avoir une permanente. J'ai les yeux bleus, et je suis plutôt mince, probablement à cause du diabète. Claudia est d'origine japonaise. Elle a de longs cheveux noirs et soyeux, et les yeux noirs en amande. Et malgré son penchant pour les friandises, elle n'est pas grosse (ni trop mince — elle est parfaite) et elle a un teint éblouissant !

Mais Claudia et moi avons les mêmes goûts en ce qui concerne les vêtements. Nous sommes toutes les deux sophistiquées et toujours à la dernière mode. On pourrait croire que je me vante, mais c'est ce que tout le monde dit de nous. Nous suivons les nouvelles tendances de la mode et nous portons des collants, des bottes, des chandails amples et de gros bijoux. Claudia adore les chapeaux et en porte souvent, et nous faisons des expériences de maquillage. Nous essayons aussi de nouvelles coiffures, surtout Claudia.

Même si nous pourrions parler de mode toute la journée, nous avons aussi d'autres intérêts. C'est là que nous sommes différentes. J'aime l'école, et surtout les mathématiques, alors que Claudia déteste l'étude. Elle n'a pas de très bonnes notes (même si elle est intelligente). Ce que Claudia aime le plus, c'est l'art. Elle suit des cours d'arts plastiques depuis des années, et sa chambre est remplie de ses propres peintures, esquisses, poteries, sculptures et bijoux.

Il y a une autre différence entre Claudia et moi. Comme je vous l'ai dit, elle adore les friandises de toutes sortes. Et aussi les romans policiers. Ses parents n'approuvent ni l'une ni l'autre de ces habitudes, alors Claudia cache ici et là dans sa chambre des bonbons, des biscuits, des croustilles et, évidemment, ses romans policiers. Je ne peux pas manger les mêmes choses qu'elle, mais elle a toujours des craquelins ou des bretzels pour moi. C'est délicat de sa part.

— Salut, les filles ! lance une voix.

— Salut ! répondons-nous en même temps.

Anne-Marie Lapierre et Diane Dubreuil viennent d'arriver. Elles sont respectivement secrétaire et membre suppléante du CBS. Et devinez quoi : non seulement sont-elles les meilleures amies, mais aussi demi-sœurs.

Comme Claudia, Anne-Marie a grandi à Nouville. Pendant des années, elle a habité la même rue que Claudia. Elle est fille unique, et sa mère est morte lorsqu'elle était bébé. Alors, jusqu'à la fin du primaire, elle a vécu seule avec son père. Monsieur Lapierre la surprotégeait et était plutôt sévère. Bien qu'elle soit timide, Anne-Marie s'est fait de bonnes amies, comme Christine Thomas (sa *première* meilleure amie), la présidente du CBS... et la sœur de

Sébastien (vous vous souvenez ?). Puis, lorsque Diane Dubreuil est arrivée à Nouville après le divorce de ses parents (avant, elle vivait en Californie), Anne-Marie et elle sont devenues de grandes amies. Ensuite (et c'est là que ça devient intéressant), Diane et Anne-Marie ont décidé d'organiser un rendez-vous entre madame Dubreuil et monsieur Lapierre. Croyez-le ou non, mais ça a marché ! Ils sont sortis ensemble pendant une période interminable et se sont enfin mariés. C'est ainsi que les deux meilleures amies sont maintenant des demi-sœurs. Anne-Marie a enfin trouvé ce qu'elle appelle une « vraie » famille. (D'après moi, un seul parent peut nous donner une vraie famille, même s'il n'y a pas de frères, de sœurs, de chat ou de chien.)

Donc, Anne-Marie semble plus heureuse et un peu moins timide. Et son père est devenu plus tolérant. Mais Anne-Marie demeure réservée. De plus, elle est romantique et pleure pour un rien. Elle est la première d'entre nous à avoir un petit ami. Il s'appelle Louis Brunet, et c'est l'un des garçons les plus gentils que je connaisse. Ils vont très bien ensemble, même s'ils ont eu quelques petits accrochages (comme la plupart des couples, j'imagine).

Anne-Marie a les yeux bruns et des cheveux bruns aux épaules. Elle est l'une des plus petites de notre classe. (C'est Christine qui est la plus petite.) À cause de son père, Anne-Marie devait s'habiller comme une fille de première année et porter des tresses. Maintenant, elle a le droit de s'habiller comme elle veut, ou presque (mais pas comme Claudia et moi), et de laisser ses cheveux dénoués. Cependant, elle n'a pas le droit de faire percer ses oreilles. Toutes les autres membres du Club, sauf Christine, ont les oreilles percées. Claudia a même chaque oreille percée à deux endroits, tandis que Diane a deux trous à une oreille et un à l'autre. Mais Anne-Marie a le droit de porter des boucles d'oreille. Claudia lui fabrique des pinces.

Diane est très différente d'Anne-Marie. Par exemple, sur le plan familial. Diane est née en Californie et y a vécu avec ses parents et son frère Julien jusqu'au divorce. (Julien est toujours en Californie avec son père.) Après le divorce, Diane a dû quitter le pays du soleil pour s'adapter aux hivers rigoureux de Nouville. Maintenant, sa nouvelle famille (c'est-à-dire sa mère, son beau-père monsieur Lapierre, ainsi qu'Anne-Marie et son chaton Tigrou) vit dans la grande maison de ferme que madame Dubreuil a achetée. Diane adore cette maison très vieille et bizarre, qui comporte un passage secret. On dit même qu'elle est hantée. Parfait pour Diane, qui aime les histoires de fantômes et de mystères.

J'admire Diane pour deux raisons. La première, c'est que sa vie a été aussi difficile que la mienne (des cris et des drames), mais elle s'en est bien sortie. La deuxième, c'est qu'elle n'a pas peur de prendre partie lorsqu'elle croit en quelque chose, même si les autres ne sont pas du même avis. Elle ne fait pas de compromis. C'est peut-être pour ça que tout le monde l'aime. Elle a une foule d'admirateurs (mais pas de petit ami attitré).

Diane ne ressemble pas du tout à Anne-Marie. Personne ne pourrait les prendre pour des sœurs. Elle a de très longs cheveux blonds, plus longs que ceux de Claudia, et beaucoup plus pâles que les miens. On dirait presque qu'ils sont blancs. Elle a les yeux bleus et des taches de rousseur sur le nez et les joues. Diane est mince, probablement à cause de ses habitudes alimentaires (par rapport à Claudia, c'est le jour et la nuit). Diane ne mange que des aliments santé, pas parce qu'elle est obligée, mais parce qu'elle aime ça. Elle ne mange pas de viande rouge et ne touche jamais aux friandises. (Comme moi!) Elle porte toujours des tenues décontractées. Elle aime être à la mode, mais recherche surtout des vêtements confortables qui reflètent sa personnalité et son goût de l'indépendance.

Jessie Raymond et Christine Thomas viennent d'arriver à la réunion. Elles ne sont pas venues ensemble, parce que Christine n'habite plus dans notre quartier. Jessie (surnom de Jessica) est la meilleure amie de Marjorie. Marjorie et elle sont des membres juniors du CBS, parce qu'elles n'ont que onze ans, alors que les autres ont toutes treize ans. Petit détail intéressant: Jessie habite mon ancienne maison, celle où nous avons emménagé quand nous sommes arrivés à Nouville. Les Raymond s'y sont installés dès notre départ pour la maison de ferme. L'entreprise pour laquelle travaille le père de Jessie l'a muté ici au début de l'année scolaire. Donc, Jessie vit avec ses parents, sa tante Cécile, sa petite sœur Becca, son petit frère Jaja et un hamster appelé Mancusi. (Vous connaissez déjà presque toute la famille de Marjorie: ses parents et ses sept frères et sœurs. J'oubliais! Les Picard ont aussi un hamster, nommé Frodo.)

Bien qu'elles soient toutes deux l'aînée de leur famille et pensent que leurs parents les considèrent encore comme des bébés, Jessie et Marjorie sont différentes à bien des égards. Elles adorent lire, surtout des histoires de chevaux, mais Marjorie souhaite devenir un jour auteure et illustratrice de livres pour enfants, et Jessie veut être ballerine. Je suis sûre qu'elle y arrivera, parce qu'elle prend des leçons de ballet depuis des années et qu'elle fait maintenant des pointes. Lorsqu'elle est arrivée à Nouville, elle a même été acceptée à une école de danse spéciale dans la ville voisine. Et elle a déjà tenu le premier rôle dans certaines productions. J'admire vraiment Jessie pour son talent et sa détermination.

Comme Anne-Marie et Diane, Jessie et Marjorie sont également amies mais ne se ressemblent pas physiquement. Jessie a le teint café au lait, les yeux brun foncé, et porte généralement les cheveux remontés, pour ses cours de ballet. Marjorie a les cheveux roux, les yeux bleus et le visage criblé de taches de rousseur. Elle porte des lunettes et un appareil orthodontique. Même si son appareil est du type qui ne paraît presque pas, Marjorie ne se trouve pas jolie ; de plus, elle voudrait absolument avoir des verres de contact. Mais ses parents ne veulent pas. Ils refusent aussi de lui acheter les vêtements à la mode qu'elle souhaite porter. (C'est la même chose pour Jessie.) Sans être à la dernière mode, Marjorie et Jessie ont au moins l'air d'élèves de sixième année.

Enfin, je vous présente Christine Thomas, la présidente du CBS. C'est elle qui en a eu l'idée et qui l'a fondé. La famille de Christine est tout à fait spéciale. Il n'y a pas si longtemps, elle était constituée de six personnes : son père, sa mère, Christine et ses trois frères — Charles (dix-sept ans), Sébastien (quinze ans) et David (sept ans). Peu après la naissance de David, leur père les a quittés, et la mère de Christine a dû élever les quatre enfants toute seule. Elle a été extraordinaire et a réussi à conserver leur maison (à l'époque, Christine habitait la maison voisine de chez Anne-Marie). Puis, lorsque Christine était en première secondaire, sa mère a rencontré un homme, Guillaume Marchand, et est devenue amoureuse de lui. Ils se sont mariés à l'été. Guillaume est millionnaire, et les Thomas ont emménagé dans son manoir, à l'autre bout de la ville. C'est là que la famille de Christine s'est modifiée. Guillaume est maintenant son beau-père, et les enfants qu'il a eus d'un premier mariage (Karen, sept ans, et André, quatre ans) sont devenus sa demi-sœur et son demi-frère. Ensuite, madame Thomas et Guillaume ont adopté une petite Vietnamienne de deux ans et demi, Émilie. La grand-mère de Christine a décidé de venir habiter avec eux pour aider à s'occuper d'Émilie. Et pour finir, il y a les animaux de compagnie : une chienne, un chat et deux poissons rouges. Quelle famille !

Christine Thomas, c'est tout un numéro. Elle est dynamique, a toujours la tête pleine d'idées et a la langue bien pendue, contrairement à la discrète et timide Anne-Marie, sa meilleure amie. Côté physique, on pourrait croire que Christine et Anne-Marie sont des sœurs, mais côté vestimentaire, elles sont aux antipodes l'une de l'autre. Christine, qui aime le sport, porte toujours des vêtements confortables (un jean, un col roulé, des chaussures de sport, et parfois un coton ouaté et une casquette de baseball).

Christine aime tellement le sport et les enfants qu'elle a formé une ligue de balle molle pour les petits, les « Cogneurs ». C'est ainsi qu'elle a rencontré l'entraîneur d'une autre équipe, les « Matamores ». Maintenant, elle et Marc Tardif sortent ensemble de temps en temps, mais elle m'en voudrait à mort si elle m'entendait dire que Marc est son petit ami.

C'est donc Christine qui, jamais à court d'idées, a fondé le CBS. Les membres du Club des baby-sitters, qui est une véritable petite entreprise, se rencontrent trois fois par semaine, le lundi, le mercredi et le vendredi après-midi, de dix-sept heures trenre à dix-huit heures. Comme nous faisons de la publicité, les parents savent qu'ils peuvent nous rejoindre à ces moments-là, et ils nous appellent lorsqu'ils ont besoin d'une gardienne. Christine a eu cette idée un jour qu'elle s'est rendu compte que sa mère avait de la difficulté à trouver une gardienne pour David alors que ni elle ni ses frères ne pouvaient le garder. La tâche aurait été bien plus facile si sa mère avait pu téléphoner à un seul endroit et rejoindre toute une équipe de gardiennes disponibles. L'une d'elles aurait sûrement été libre. C'est ainsi que notre Club fonctionne et, en tant que présidente, Christine veille à sa bonne marche. Claudia est la vice-présidente ; trois fois par semaine, elle nous passe sa chambre, son téléphone (elle a sa propre ligne) et ses collations cachées. Anne-Marie inscrit nos gardes dans l'agenda du Club et tient à jour les coordonnées de nos clients (noms, adresses, numéros de téléphone), les tarifs payés, etc. En tant que trésorière, je recueille chaque lundi les cotisations des membres du Club et je les utilise selon les besoins. Par exemple, nous dédommageons Charles pour qu'il conduise Christine chez Claudia et la ramène, et nous payons une partie du compte de téléphone de Claudia. Diane, qui est membre suppléante, a pour tâche de remplacer l'une ou l'autre d'entre nous qui ne peut assister à une réunion. Quant à Jessie et Marjorie, nos membres juniors, elles ne peuvent pas garder le soir, sauf dans leur propre famille, mais elles gardent souvent le jour, ce qui nous laisse les gardes en soirée.

Pour que le Club fonctionne de façon encore plus efficace, Christine a eu trois autres idées de génie. Premièrement, nous tenons un journal de bord, dans lequel nous faisons le compte rendu de chacune de nos gardes et que nous devons toutes lire une fois par semaine. C'est une bonne façon de nous tenir au courant de ce qui se passe chez nos clients et de découvrir comment l'une ou l'autre a résolu certains problèmes qui ont pu survenir. Deuxièmement, Christine a eu l'idée de fabriquer une «trousse à surprises». Elle a pris une vieille boîte de carton, qu'elle a décorée et remplie de jeux, livres et jouets dont elle ne se servait plus. Ensuite, elle y a ajouté de menus articles comme des cahiers à colorier et des autocollants, et elle a commencé à apporter sa trousse avec elle en allant garder. Maintenant, nous avons toutes une trousse à surprises... et nous sommes devenues très populaires auprès des enfants. La troisième idée a été d'engager deux membres de plus comme associés. Ces membres n'ont pas à assister aux réunions. Ce sont des gardiens fiables que nous pouvons appeler si aucune d'entre nous ne peut se libérer. Cela ne se produit pas souvent, mais lorsque nous sommes débordées, nous savons que nous pouvons compter sur Chantal Chrétien (elle habite dans le nouveau quartier de Christine et est devenue son amie) et Louis Brunet... le petit ami d'Anne-Marie.

Christine s'installe dans le fauteuil de Claudia, ajuste sa visière et garde l'œil sur le réveille-matin de Claudia. Lorsqu'il est dix-sept heures trente, elle annonce:

— À l'ordre, s'il vous plaît. La réunion est ouverte. La trésorière voudrait-elle recueillir les cotisations de la semaine?

Avec réticence, les filles me donnent chacune un dollar, que j'ajoute au contenu de notre caisse (qui est en fait une grande enveloppe brune). Au moment où je commence à compter l'argent, le téléphone sonne. C'est le premier appel de la journée. Jessie répond.

— Allô, le Club des baby-sitters. Ah! bonjour, madame Barrette! Dimanche? Je vous rappelle tout de suite.

Madame Barrette, une cliente régulière du CBS, habite près de chez les Picard et a trois enfants. Anne-Marie consulte l'agenda, et c'est Diane qui est désignée pour cette garde. Ensuite, Jessie rappelle madame Barrette pour lui annoncer qui ira garder Bruno, Suzon et Marilou.

Le téléphone sonne ensuite à plusieurs reprises et, finalement, nous avons quelques moments de répit. Après un silence, Marjorie dit:

— Devinez quelle est la dernière trouvaille de mes frères et sœurs!

Et elle raconte l'aventure des commandes postales. Diane éclate de rire.

— Savez-vous ce qui m'est arrivé un jour? J'ai répondu à une offre, et, pour un dollar quarante-neuf, j'ai reçu douze cassettes.

— Douze! s'exclame Jessie.

— Oui, poursuit Diane, mais je ne m'étais pas rendu compte que j'étais devenue membre d'un club de cassettes. Tous les mois, je recevais une nouvelle cassette, et je devais payer le plein prix pour chacune. Je n'avais jamais assez d'argent. Finalement, j'ai demandé à papa d'annuler mon inscription.

— Une fois, dit Christine, j'ai vu à la télé une annonce publicitaire. On disait qu'il était possible de commander une extraordinaire collection de chansons rock des années cinquante et soixante, par les artistes originaux. Et savez-vous ce que j'ai reçu? Une collection de vieilles chansons enregistrées par un nouveau groupe appelé *Les artistes originaux*. Je me suis fait rouler !

— J'ai tellement hâte de voir ce qu'on va recevoir, à la maison, dit Marjorie. Mes frères et sœurs auront peut-être des surprises.

Le téléphone sonne de nouveau, et la garde va à Anne-Marie. Puis, un nouvel appel. Pendant un moment d'accalmie, je prends la parole.

— Les filles, j'ai une nouvelle à vous annoncer.

— Une bonne nouvelle ? demande Claudia.

— Oui. Mon père a appelé cet après-midi. Il a obtenu une promotion et une grosse augmentation de salaire. Il va devenir vice-président. Et son entreprise organise un souper en son honneur.

— Génial ! s'exclame Diane.

— Je sais. Papa est vraiment content. Et il tient à ce que je l'accompagne à ce souper. C'est la semaine prochaine. Je vais passer toute la fin de semaine avec lui. Il va acheter des billets pour un spectacle et il a prévu toutes sortes d'activités. Oh ! j'oubliais ! Il m'a demandé de m'acheter de nouveaux vêtements.

— C'est fantastique ! s'écrie Claudia. Les filles, il faut fêter ça. On ira magasiner samedi. On ira toutes avec toi, Sophie, et on t'aidera à choisir tes vêtements. Ensuite, on pourra manger au centre-ville.

— Il y a un nouveau restaurant, ajoute Anne-Marie.

— Ça s'appelle *La glacière*, dit Christine.

— Pas *La glacière*, corrige Anne-Marie en riant. *Le café glacier*. Et on n'y sert pas que de la crème glacée.

— Quel que soit le nom, dit Claudia, on y va. Je suis passée devant il n'y a pas longtemps, et ça avait l'air bon.

— Parfait ! dis-je, même si je sais que je fêterai en buvant une boisson diète. Tout le monde peut venir ?

— Oui ! répondent en chœur Claudia, Christine, Anne-Marie et Diane.

Jessie secoue la tête :

— J'ai un cours de ballet.

— Moi, ajoute Marjorie d'un air triste, je vais chez mes grands-parents pour la journée. Mais allez-y, les filles. Tu n'as pas beaucoup de temps devant toi pour te trouver des vêtements neufs, Sophie. Ne manque pas ça.

Et voilà comment s'est préparée notre expédition de magasinage.

Samedi matin, je fais la grasse matinée et je prends tout mon temps. La meilleure façon de commencer une fin de semaine. À neuf heures moins cinq, je décide de me lever.

— Bonjour, maman, dis-je en entrant dans la cuisine.

— Bonjour, Sophie.

Je m'assois à table, et je m'étonne de voir qu'un seul napperon est mis.

— Tu as déjà mangé ?

— Non, fait maman en secouant la tête. Je n'ai pas faim, ce matin, mais je vais te préparer quelque chose.

Je mange une rôtie et un fruit, puis maman et moi discutons de la fin de semaine.

— Maman, il est neuf heures et demie. Il faut que je m'habille, parce que Diane et Anne-Marie vont bientôt arriver.

Quelques secondes plus tard, monsieur Lapierre gare sa voiture devant chez moi, et je me retrouve assise sur la banquette arrière avec mes amies. En dix minutes, nous sommes au centre-ville. Christine nous attend devant l'enseigne du magasin *De tout pour tous*. Elle porte un jean, un chandail ample et des chaussures de sport.

— Salut, les filles ! Charles m'a amenée un peu plus tôt. Où est Claudia ?

— Elle ne devrait pas tarder, dis-je. Sa mère va la déposer ici en se rendant à la bibliothèque. (Madame Kishi est la directrice de la bibliothèque municipale de Nouville.)

Au même moment, on entend un klaxon. C'est madame Kishi qui, ralentissant à un arrêt, envoie la main à monsieur Lapierre. Claudia bondit hors de la voiture de sa mère.

— Nous sommes toutes là ? s'écrie-t-elle. Allez, on commence ! Salut, maman !

Christine attend que madame Kishi et monsieur Lapierre soient hors de vue.

— Enfin seules ! dit-elle.

Nous entrons chez *De tout pour tous*.

— Quel rayon ? demande Anne-Marie.

— Celui des robes, dis-je.

Christine grogne.

— Hé ! où penses-tu aller ? lui demande Claudia.

— Au rayon des sports.

— Pour trouver une robe ?

— Non, pour m'acheter une nouvelle casquette de baseball.

— Il faut d'abord s'occuper de Sophie. C'est la chose la plus importante aujourd'hui. Le souper a lieu dans quelques jours.

Nous prenons l'ascenseur. Rendues à l'étage, avant d'arriver au rayon des robes pour jeunes filles, nous passons devant le rayon des bijoux. Pas de la camelote. De vrais bijoux.

Claudia s'arrête. Elle se penche et regarde un collier dans un écrin de velours bleu.

— Oh! la la! chuchote-t-elle.

— Qu'est-ce qu'il y a? demande Diane en se retournant.

Claudia indique le comptoir.

— Devinez combien coûte ce collier! réussit-elle à articuler, toujours à voix basse.

Nous nous penchons toutes pour l'examiner.

— Qu'est-ce que c'est? demande Diane.

— Des saphirs et des diamants, je crois, répond Claudia.

— Des saphirs et des diamants... je dirais quatre cents dollars, propose Diane.

— Quatre cents? Je dirais mille dollars, corrige Christine.

— *Quatre* mille! dit Claudia. Il coûte quatre mille dollars.

— Mais on pourrait acheter une auto avec quatre mille dollars! dis-je. Euh... eh bien, peut-être pas, mais tout de même...

Nous sommes toutes les cinq devant le comptoir et nous regardons les autres bijoux.

— Tiens, une broche pas chère. Seulement six cents dollars, dis-je en riant.

— Elle vous intéresse? demande une vendeuse qui n'a pas l'air de nous trouver drôles.

— Euh, non, dis-je. Merci quand même. Venez, les filles.

Nous repartons et nous arrivons finalement aux robes pour jeunes filles.

— En voici une pas mal, dit Anne-Marie en montrant une robe de tissu écossais qui aurait convenu à ma grand-mère, mais pas à moi.

Je secoue la tête.

Diane indique une robe à fleurs.

— Je veux quelque chose d'excentrique, dis-je.

— Pas trop excentrique, prévient Anne-Marie. Pas pour un souper officiel avec ton père.

— Je vais trouver quelque chose, dis-je avec confiance.

Nous restons environ une heure dans le magasin. Claudia s'achète un collant à damier blanc et noir, et Anne-Marie, un ruban pour les cheveux. Christine rigole en voyant une broche en solde à seulement deux mille dollars.

— Et maintenant? demande Diane lorsque nous quittons le magasin.

— Aux *Pierres et perles*, dis-je.

— Mais on n'y vend pas de vêtements.

— Je sais, mais je veux regarder les bijoux.

Alors nous nous promenons dans cette boutique pendant quelques moments. Diane achète une paire de grosses boucles d'oreille argentées et moi, des boucles en nacre bleutée. Puis Christine s'écrie:

— J'ai oublié de regarder les casquettes de baseball!

— On va où, maintenant? demande Diane.

— On aurait peut-être dû demander à mon père de nous amener au centre commercial, soupire Anne-Marie. Il y a plus de boutiques qu'ici.

— Oui, dis-je, mais il n'y a pas *Folies*.

— *Folies*? Mais c'est une boutique punk. Tu ne trouveras jamais rien pour un repas officiel avec les gens de l'entreprise de ton père, dit Anne-Marie.

— Peut-être, répond Claudia en me souriant. Elle trouvera peut-être.

— J'aime bien m'imaginer en Sherlock Holmes de la mode, dis-je. À chaque problème sa solution. Je suis sûre que je trouverai tout ce qu'il me faut chez *Folies*. Et papa va trouver ça parfait.

En toute honnêteté, ce n'est pas aussi facile qu'on pourrait le croire. Il me faut un peu plus de temps que prévu. Je choisis un blouson de soie (artificielle!) framboise qui va jusqu'aux genoux, un collant noir, des chaussettes rose et noir et un corsage noir. Je porterai des chaussures noires à talons plats et j'ajouterai des bijoux ainsi que quelques barrettes dans mes cheveux, peut-être.

Lorsque Claudia me voit dans cet ensemble (je suis debout à côté d'une pile de blousons, de pantalons, de corsages et de chaussettes que j'ai essayés), elle en a le souffle coupé.

— Tu es superbe! dit-elle. C'est l'ensemble parfait.

Vingt minutes plus tard, nous quittons la boutique. Je transporte un gros sac à emplettes, Claudia s'est acheté je ne sais combien de serre-tête, Diane a trouvé une autre paire de boucles d'oreille et Anne-Marie a choisi un paquet de crayons parfumés. Christine n'a rien acheté.

— Il n'y a pas de casquettes de baseball chez *Folies*, se plaint-elle.

Nous sommes toutes bien contentes de nous installer enfin au *Café glacier*. Nous choisissons une table ronde, dans un coin, déposons nos sacs par terre et nous nous laissons littéralement tomber sur nos chaises.

— Je me demande pourquoi le magasinage est si fatigant, soupire Christine. Ça ne prend pourtant pas une telle somme d'énergie pour faire le tour de quelques rayons.

— C'est de l'énergie mentale, lui dis-je. Il faut tout regarder, choisir, comparer les prix, calculer nos dépenses. C'est ça qui est épuisant.

— Je pense que... ajoute Christine. Hé, les filles ! Regardez ! Il y a un vrai comptoir là-bas, avec des tabourets, comme dans le temps de nos parents. On y va ?

Soudain, notre fatigue s'envole. Nous prenons nos sacs et nous allons nous installer au comptoir, comme si nous étions des collégiennes des années soixante. Nous mangeons des salades, des hamburgers et des desserts. (En fait, Christine, Claudia et Anne-Marie ont pris un dessert. Diane a commandé un jus de carottes et moi, une deuxième boisson diète.)

Claudia lève son cornet de crème glacée.

— À la santé de ton père ! dit-elle.

— À Toronto ! ajoute Anne-Marie, qui aurait aimé y vivre.

— À une fin de semaine formidable ! dis-je.

Lorsque monsieur Lapierre me dépose chez moi, cet après-midi, je me précipite pour montrer mes achats à maman.

— Maman ?

— Je suis ici, chérie.

Maman est couchée sur le canapé du salon.

— Ça ne va pas ?

Maman se met à tousser.

— Je suis simplement fatiguée. J'ai besoin d'un peu de repos.

Elle se redresse en s'appuyant sur un coude.

— Qu'est-ce que tu as acheté ? J'ai l'impression que tu as trouvé ce que tu voulais.

— Oui ! Tu veux assister à un défilé de mode ?

— Bien sûr.

— D'accord. Il ne me faudra que quelques minutes.

Je cours à l'étage avec mon gros sac et j'enfile mes vêtements neufs. J'ajoute même quelques bijoux et des barrettes. Puis je descends lentement l'escalier, comme un mannequin, j'esquisse quelques pas de valse dans le salon et je virevolte deux ou trois fois.

— Tu es ravissante, commente maman en souriant.

— Vraiment? Et est-ce que tu crois que ça convient à un souper important avec papa, son patron et tous ces gens? Tu sais, j'ai acheté tout ça chez *Folies*.

— Ma chérie, tu es vraiment belle. Sophistiquée et très jolie.

— Merci, maman!

Maman se recouche sur le canapé. Ça m'étonne, parce que je pensais qu'elle allait se lever.

— Qu'est-ce que tu as fait, aujourd'hui? dis-je.

— Un peu de ménage, répond maman en toussant de nouveau. Oh! j'allais oublier! La directrice du personnel de chez *De tout pour tous* m'a appelée cet avant-midi au sujet du poste de responsable des achats. Tu te souviens? L'emploi pour lequel j'ai passé une entrevue? Alors elle m'a demandé de revenir pour une deuxième entrevue, mercredi prochain.

— C'est génial!

— Cela veut dire qu'elle est intéressée à discuter de nouveau avec moi.

— Super! Hé! j'y pense! Si tu as l'emploi, est-ce qu'on va avoir des rabais?

— Probablement, répond maman d'un air désabusé.

— J'espère que tu vas réussir ton entrevue.

— Je ferai de mon mieux, ma chérie.

— Je prépare le souper.

— J'accepte avec joie.

— Repose-toi bien.

— Oui, madame, répond maman en fermant les yeux.

Je retourne à ma chambre. Avant d'aller à la cuisine, je me regarde encore une fois dans la glace. Je m'imagine à ce souper raffiné, assise à côté de mon père. Ce sera une fin de semaine merveilleuse. J'ai tellement hâte d'être à Toronto !

CHAPITRE 4

Diane

Marjorie, tes frères et tes soeurs ne sont pas les seuls à commander des échantillons. Tous les enfants du quartier se sont mis de la partie. J'ai gardé chez les Barrette cet après-midi, et Bruno était déjà en train de remplir des coupons de commande lorsque je suis arrivée. Un peu plus tard, Matthieu et Hélène Biron sont venus nous retrouver, puis Nicolas et Vanessa aussi. Ils avaient tous des magazines et des revues de bandes dessinées. Hélène a même apporté des étiquettes d'adresse de retour pour éviter d'avoir à inscrire chaque fois son nom et son adresse.

Vous devriez voir ce que les enfants ont commandé.

Le lendemain de notre expédition au centre-ville, Diane garde Bruno, Suzon et Marilou Barrette. Elle va souvent garder chez eux. Les Barrette habitent tout près et sont des clients réguliers du CBS. Monsieur et madame Barrette viennent de divorcer, ce qui a été difficile pour les enfants, mais c'est peut-être pour cela qu'ils s'entendent si bien avec Diane. Elle a vécu cette situation il n'y a pas si longtemps et elle peut donc comprendre ce qu'ils ressentent. Elle répond à leurs questions et leur parle honnêtement.

Dimanche, pourtant, le divorce était le dernier des soucis chez les Barrette. Ils ne pensent qu'à remplir des coupons et à adresser des enveloppes. En fait, les deux aînés. Marilou, la plus jeune (elle n'a que deux ans) joue avec une boîte de mouchoirs en papier. (C'est étonnant de voir comment les choses les plus simples amusent les petits.) Bruno et Suzon sont donc entourés de piles de magazines. Comme Suzon ne sait pas encore écrire, elle feuillette les magazines pour trouver des coupons, et Bruno lui montre à apposer les timbres et à sceller les enveloppes.

Lorsque madame Barrette quitte la maison, Diane entre donc, transportant Marilou sur une hanche, dans la salle de jeu où Bruno et Suzon ont installé leur quartier général.

— On dirait un bureau ! s'exclame Diane.

— Mais c'est un bureau, répond Bruno.

Il est assis par terre avec Suzon, au milieu de ciseaux, de crayons, d'enveloppes, de timbres-poste, de ruban adhésif et même d'un peu d'argent. Suzon remarque que Diane regarde avec étonnement les pièces de monnaie.

— C'est maman qui nous les a données, explique-t-elle joyeusement. Elle a dit qu'on pouvait commander ce qu'on voulait.

— Et on a ajouté nos sous, dit Bruno.

— Combien on a, en tout? lui demande Suzon.

— Eh bien, on avait douze dollars soixante, mais nous en avons déjà dépensé une partie. Maintenant, il faut qu'on commande des choses qui ne coûtent pas cher.

— D'accord, répond Suzon, qui n'a pas l'air de comprendre.

Elle montre un magazine à son frère.

— Bruno, est-ce que ça coûte cher?

— La bague? demande-t-il en examinant la page. Oh! oui. Presque quinze dollars. Ça serait bien si tu savais lire, Suzon.

— J'aimerais ça, moi aussi.

Diane jette un œil sur la petite pile d'enveloppes que Bruno s'apprête à poster.

— Qu'est-ce que vous avez commandé?

— Un truc pour que le fil s'enfile tout seul dans l'aiguille, s'écrie Suzon. C'est moi qui l'ai trouvé. Qu'est-ce qu'il y avait dans l'annonce, déjà?

— Ça disait: *Avec notre super-dispositif, vous n'aurez plus jamais à enfiler une aiguille!* On a pensé que maman aimerait ça.

— Ta mère fait de la couture? demande Diane.

— Euh... elle pourrait en faire, répond Suzon.

— De toute façon, ça ne coûte qu'un dollar vingt-neuf.

— Et on a trouvé un autre truc spécial pour nettoyer l'argenterie, ajoute Suzon.

— *Un petit polissage et fini le nettoyage!* explique Bruno.

— Et je ne sais plus combien ça coûtait. Mais on a aussi préparé un coupon pour Marilou! Pour un livre personnel.

— Non, corrige Bruno. Un livre «personnalisé». C'est super, Diane. Sur le coupon, on avait seulement à inscrire le nom de Marilou, son âge, et ça y est, on va recevoir l'histoire d'une petite fille de deux ans qui s'appelle Marilou. Elle va tellement aimer ça, et... Hé ! il faut qu'on commande ça ! s'écrie-t-il soudain en tournant la page d'un magazine.

— Qu'est-ce que tu as trouvé ? demande Diane.

— C'est un livre. Un livre tout à fait pour moi ! *Devenez Monsieur Muscles*.

— Tu veux devenir fort ?

— Oui, aussi fort qu'Arnold Schwarzenegger.

— C'est qui, Arnold Chvattz... Chvattznig... En tout cas, c'est qui ? demande Suzon.

— Une vedette de cinéma, répond Bruno.

Il découpe avec frénésie le coupon-réponse et, au même moment, la sonnette retentit.

— J'y vais, crie Suzon.

— Vérifie bien qui est là avant d'ouvrir la porte ! prévient Diane. Regarde d'abord par la fenêtre.

Suzon dévale l'escalier jusqu'au rez-de-chaussée. Bruno continue à remplir des coupons. Puis Diane crie :

— Ne mange pas les mouchoirs en papier, Marilou !

— Oui, ajoute Bruno d'un air absent. Un jour, elle en a tellement mangé qu'elle a fait une indigestion.

— Oh ! la la ! s'exclame Diane.

Elle réussit à éviter les explications un peu dégoûtantes de Bruno parce que Suzon revient dans la salle de jeu avec Matthieu et Hélène Biron, qui n'habitent pas très loin. Hélène a neuf ans et son frère, sept ans. Matthieu et Bruno sont de bons amis, mais ils ont généralement besoin d'Hélène pour se comprendre. En effet, Matthieu est sourd et communique par signes. Bruno (et la plupart des amis de Matthieu) connaissent un peu le langage des signes, mais pas suffisamment pour tenir des conversations longues ou compliquées.

Matthieu et Hélène ont apporté une pile de magazines de bandes dessinées, des enveloppes et des étiquettes pré-adressées.

— Nous avons trouvé quelque chose pour faire disparaître les verrues, ce matin, annonce Hélène tout en faisant des signes pour Matthieu.

— Vous avez des verrues ? demande Diane, qui enlève à Marilou les mouchoirs en papier qu'elle tenait dans sa main.

— Non, mais il y a sûrement quelqu'un qui en a.

— Hé ! crie Bruno. Un ustensile pour préparer des décorations à l'occasion de repas gastronomiques.

— Combien ? demande Hélène.

— Deux dollars quatre-vingt-quinze, répond-il en remplissant le coupon. On peut faire des fleurs de radis et plein d'autres choses.

Lorsque Jacques Cadieux arrive avec son propre magazine, il annonce :

— J'ai trouvé un produit pour faire pousser de l'herbe à chat.

— Tu as un chat ? demande Diane.

— Non, on n'en a pas, mais... mais Anne-Marie a un chat, non ?

— Oui, répond Diane en réprimant un sourire.

— Oh ! des graines de citrouille ! s'écrie Suzon.

La sonnette retentit de nouveau. Nicolas et Vanessa arrivent et entrent dans la salle de jeu, l'air important.

— Devinez ce qu'on a reçu hier par la poste, dit Nicolas. Toutes les têtes se tournent vers lui.

— Vous avez reçu quelque chose ? demande Jacques, tout excité.

— Oui, fait Nicolas. Je suis allé chercher le courrier moi-même et j'ai trouvé une grosse enveloppe adressée à mon nom. C'est tellement amusant de recevoir du courrier. Alors j'ai ouvert l'enveloppe et, à l'intérieur, il y avait... un tube de détachant.

— J'ai reçu quelque chose moi aussi, ajoute Vanessa. Un produit pour effacer les taches de rousseur. J'en ai mis hier soir. Est-ce que ça paraît ?

Hélène se penche vers Vanessa et lui examine le nez.

— Je crois que tes taches de rousseur sont plus pâles.

— Oui, dit Vanessa en hochant la tête. Dans deux semaines, elles auront complètement disparu. J'ai tellement hâte !

— Chanceuse ! dit Jacques. Je n'ai encore rien reçu.

— Mon non plus, ajoute Bruno. Demain, peut-être.

— C'est vrai ? crie Suzon. Je vais recevoir quelque chose demain ?

— Vous pouvez tous recevoir quelque chose demain, explique Diane. Et vous en recevrez pendant des jours.

— Fantastique ! dit Bruno, et il retourne à son magazine.

C'est lundi, et on a un test de maths très important, qui compte pour vingt pour cent. Comme c'est ma matière préférée, ça ne m'énerve pas. Et ça ne me dérange jamais d'étudier les maths.

Dimanche, j'ai travaillé fort, et ce matin, je me sens prête. Pour moi, découvrir la valeur de x ou de y, c'est comme résoudre une énigme. (J'aimerais bien pouvoir convaincre Claudia d'envisager les maths de cette façon, vu qu'elle adore les romans policiers. Un jour, je lui ai même dit qu'elle pourrait devenir un détective des mathématiques, mais elle m'a simplement regardée comme si j'étais tombée sur la tête.)

Je me concentre sur ma feuille d'examen : $x = 3y + 4$. Si y égale...

— Monsieur Leblanc ? Monsieur Leblanc ? lance la voix de la secrétaire à l'interphone.

Je sursaute, et mon crayon laisse une grande trace sur la feuille.

— Oui ? répond monsieur Leblanc.

— Est-ce que Sophie Ménard est en classe ?

— Oui.

Il se tourne vers moi, et tous les élèves aussi. Ils se demandent ce qui se passe. Et les élèves ne sont pas fâchés d'interrompre le test. J'entends des soupirs, des genoux qui craquent, des crayons qu'on dépose.

— Voudriez-vous lui demander de venir au bureau de la direction, s'il vous plaît ?

— Je vous l'enverrai à la fin de la période, répond-il. Nous faisons un test.

— Non, c'est important. Dites-lui de venir tout de suite et de passer à son casier pour prendre son manteau.

— D'accord, fait monsieur Leblanc en se retournant vers moi. Tu as entendu, Sophie ?

Je hoche la tête. Je ne comprends plus rien. Je m'étais tellement concentrée sur mon problème de maths et, soudain, on me demande de tout laisser en plan et d'aller au bureau. Avec mon manteau, en plus, ce qui veut dire que je dois quitter l'école.

Je m'approche du bureau de monsieur Leblanc et, les yeux de tous les élèves rivés sur moi, je lui tends ma feuille.

— Je n'ai fait que la moitié.

— Ne t'inquiète pas, dit-il en souriant. Tu es une bonne élève. Nous réglerons ça demain et... Et j'espère que tout ira bien.

— Merci !

Je file hors de la classe, je prends mon manteau au passage et je cours au bureau de la direction.

— Bonjour, Sophie, me dit l'une des secrétaires dès que j'entre.

— Qu'est-ce qui se passe ? Il est arrivé quelque chose, n'est-ce pas ?

— Ta mère... commence la secrétaire.

— Ma mère ? Qu'est-ce qu'elle a, ma mère ?

— Elle a perdu connaissance il y a quelques instants. Elle passait une entrevue pour un emploi, et elle... elle s'est évanouie, voilà.

— Où est-elle ?

— À l'hôpital, répond la secrétaire. C'est madame Picard qui nous a prévenus. Elle a dit qu'elle était une bonne amie de ta mère et elle s'en vient te chercher pour te conduire à l'hôpital. Tu as toutes tes affaires ?

— Oui, dis-je dans un murmure.

— Parfait. Assieds-toi près de la porte. Madame Picard va arriver d'une minute à l'autre. Je vais te donner un verre d'eau.

Je m'assois sur le banc en serrant mon manteau contre moi, et je me demande pourquoi les gens offrent toujours un verre d'eau aux autres quand ça va mal. Je ne remarque même pas les élèves qui passent devant moi.

Lorsque madame Picard arrive, je sors du bureau comme une flèche, sans même saluer la secrétaire. Un peu avant d'atteindre la sortie, je demande, sans arrêter de courir :

— Où est garée votre voiture ?

— Juste en face, chérie, répond madame Picard. Sophie, tout va bien. Ta mère va s'en tirer.

— Mais la secrétaire m'a dit qu'elle s'était évanouie.

— Je sais, mais les médecins vont s'occuper d'elle.

Peut-être. Mais les médecins ne sont pas des magiciens, et je suis bien placée pour le savoir.

Madame Picard conduit aussi vite qu'elle le peut. Elle trouve une place dans le terrain de stationnement de l'hôpital, puis nous nous précipitons à l'intérieur. Je suis à bout de souffle.

— Où est ma mère ? Elle vient d'être admise à l'hôpital, et elle s'appelle Ménard. Je ne sais même pas ce qu'elle a.

Le préposé qui est derrière le comptoir m'indique un couloir.

— Elle est toujours à l'urgence, mais...

— Je vais pouvoir la voir, non ? Je suis sa fille.

— Vas-y, dit le préposé.

Maman est étendue sur une civière, dans une petite pièce à côté de la salle d'attente de l'entrée des urgences. Elle est seule. Et elle a les yeux fermés. Je ne sais pas si elle dort ou non, alors je chuchote :

— Maman ?

Elle ouvre lentement les yeux.

— Bonjour, chérie !

— Maman, qu'est-ce qui est arrivé ? Es-tu blessée ?

Maman secoue légèrement la tête.

— Non, mais je me sens vraiment mal.

Elle se met à tousser. Je pose ma main sur son front.

— Mais tu es brûlante de fièvre !

— Je sais.

— Tu as la grippe ? Tu sais, c'est la saison. Maman, as-tu eu un vaccin contre la grippe ? Tu m'as obligée à en avoir un.

— Je ne pense pas que ce soit la grippe, Sophie.

— Où sont les médecins ? Pourquoi t'ont-ils laissée toute seule ?

— Les médecins et les infirmières n'ont pas arrêté de se relayer à mon chevet, dit maman.

Puis elle aperçoit madame Picard dans l'embrasure de la porte.

— Bonjour, toi ! dit maman d'une voix faible, comme si elle allait pleurer. Merci d'avoir amené Sophie.

Madame Picard sourit et entre dans la salle.

— Qu'est-ce que les médecins ont dit, maman ?

— Ils ne savent pas encore. J'ai passé une radiographie et des analyses sanguines. Ils m'ont examinée sur toutes les coutures.

Un terrible souvenir me remonte à la mémoire. Quand j'étais à Toronto, une fille de ma classe a eu un gros mal de gorge et beaucoup de fièvre. Ses parents l'ont amenée chez le médecin parce qu'ils croyaient qu'elle avait une amygdalite. Mais en fait, c'était une leucémie. Un cancer.

Et si maman était atteinte de la leucémie ? Et si elle devenait tellement malade que je doive quitter Nouville pour vivre avec papa ? Et si...

— Madame Ménard ? demande une médecin en entrant dans la chambre, un dossier à la main.

Elle nous demande de sortir un instant puis, lorsqu'elle nous rappelle, je remarque que maman nous sourit faiblement.

— Une pneumonie, dit-elle. J'ai une pneumonie.

— La bonne nouvelle, c'est que madame Ménard peut se rétablir chez elle, ajoute la médecin. Elle n'a pas à séjourner à l'hôpital.

— Et la mauvaise nouvelle ? ne puis-je m'empêcher de demander.

— C'est ma pneumonie, Sophie ! s'exclame maman. Maintenant, on s'en va. J'ai hâte de retrouver mon lit !

Madame Picard nous reconduit à la maison. Lorsqu'elle s'engage dans l'allée de garage, je demande :

— Hé ! maman, où est notre voiture ?

— Au centre-ville. Je l'avais garée devant chez *De tout pour tous*.

— Mon mari la ramènera ce soir, Sophie, dit madame Picard. Ne t'inquiète pas. Maintenant, on va s'occuper de ta mère.

Nous aidons maman à monter l'escalier, à entrer dans sa chambre, à mettre sa chemise de nuit et à s'installer dans son lit.

— Aah! dit-elle. Je pense que je vais dormir un siècle.

Et dès qu'elle ferme les yeux, madame Picard et moi ressortons sans bruit de la chambre.

— Je vais faire remplir les ordonnances, m'annonce-t-elle. Tu vas avoir bien soin de ta mère?

— Pas de problème! dis-je d'un ton assuré. Vous savez, j'ai beaucoup d'expérience comme patiente.

Quelques instants après le départ de madame Picard, le téléphone ne dérougit pas.

— Où étais-tu, Sophie? demande Christine.

— Tu n'as pas encore été malade, non? s'informe Claudia.

— Nous t'avons attendue après l'école, dit Anne-Marie.

Mes amies m'appellent à tour de rôle, alors je dois répéter mon histoire chaque fois (sauf à Marjorie, puisque sa mère lui a expliqué). Si j'avais pu aller à la réunion du CBS, je n'aurais eu qu'à tout raconter une seule fois. Mais évidemment, je ne peux pas quitter maman. C'est Diane qui m'a remplacée comme trésorière.

À l'heure du souper, je vais à la cuisine et je prépare de la soupe au poulet et aux nouilles (en conserve, ça va plus vite) lorsque Claudia me rappelle.

— Comment va ta mère? demande-t-elle. Tout le monde s'inquiétait, à la réunion.

— Bien, je crois. Elle dort. Elle se réveille juste le temps de prendre ses comprimés, puis elle se rendort. J'espère qu'elle mangera quelque chose ce soir, mais je ne sais pas.

— Viendras-tu à l'école, demain ?

— Euh... écoute, je te laisse. J'entends maman. Il faut que j'aille voir. Je te rappelle. Salut !

Plus tard, dans la soirée, je pense soudain à quelque chose. Je ne sais même pas si je peux aller à l'école demain. Alors qu'est-ce qui va se passer en fin de semaine ? Ma super fin de semaine à Toronto commence dans quatre jours. Que faire ?

CHAPITRE
6

La nuit dernière, je n'ai pas beaucoup dormi. Je n'arrêtais pas d'écouter maman. Elle toussait beaucoup. Et j'ai dû la réveiller deux fois pour lui donner ses comprimés. Lorsque je retournais au lit, je restais étendue, les yeux grand ouverts, l'oreille aux aguets. C'est là que j'ai compris pourquoi les nouveaux parents ne doivent pas dormir beaucoup. Quand ils ont fini de nourrir le bébé, ils restent probablement à demi réveillés à surveiller ses cris.

Vers cinq heures et demie, mardi matin, je décide qu'il ne vaut plus la peine de rester au lit. Je sors sans bruit de ma chambre et je vais jeter un coup d'œil dans celle de maman. On dirait qu'elle va mieux. Elle n'a pas toussé depuis une demi-heure. Je m'installe dans un fauteuil tout à côté de la porte de sa chambre et je commence un livre.

— Sophie ? appelle maman.

Il est plus de sept heures. J'ai lu la moitié de mon livre. Je me précipite vers elle.

— Bonjour ! dis-je joyeusement.

— Bon... bonjour ! articule maman entre deux quintes

de toux. Tu devrais te préparer pour l'école.

— Non. Je reste avec toi aujourd'hui.

J'ai pris cette décision en pleine nuit, à trois heures et demie.

— Mais on est mardi, non ? dit maman.

— Oui, et tu es malade.

— Tu n'as pas besoin de rester à la maison avec moi, Sophie.

— Maman, c'est décidé. Je reste avec toi. Tu as une pneumonie.

— Chérie, la mère de Marjorie va passer me voir. Et elle m'a dit qu'elle demanderait à d'autres voisins de faire la même chose.

— Je ne te quitte pas, maman. Toi, tu restes avec moi quand je suis malade.

— C'est parce que tu es ma fille.

— Et toi, tu es ma mère.

— D'accord, soupire maman. Pour aujourd'hui.

— Merci. Qu'est-ce que tu veux pour déjeuner ?

— Il faut vraiment que je mange ? grommelle maman.

— Si tu veux guérir, oui. Tu dois prendre des forces. Et toi, quand je suis malade, tu m'obliges à manger.

— Tu as gagné, dit maman en souriant. Voyons, disons une rôtie, du thé...

— Parfait. Donc, une rôtie, du thé, des céréales et un fruit.

— Chérie, je ne pourrai jamais manger tout ça. Pas ce matin, en tout cas.

Je lui prépare quand même un bon petit déjeuner qu'elle mange dans son fauteuil, pendant que je change les draps du lit.

49

— Tu es une bonne infirmière, Sophie.

— Merci, maman. Mais tu dois continuer à manger. Tu n'as fait que grignoter.

— Je ne peux pas avaler une bouchée de plus.

— D'accord, dis-je en soupirant.

Maman se remet au lit et s'installe confortablement dans les oreillers que je viens d'aérer.

— Ah! qu'on est bien! dit-elle en bâillant. Vraiment, je me sens encore fatiguée, même si j'ai dormi toute la journée hier et toute la nuit et...

Ses yeux se ferment. Avant qu'elle ne s'endorme, je décide de lui parler.

— Maman, il faut qu'on discute de quelque chose d'important.

— Ça ne pourrait pas attendre à demain?

— C'est vraiment important, maman. Qu'est-ce que je vais faire en fin de semaine?

— En fin de semaine?

— Mais oui, c'est le souper en l'honneur de papa. Je suis censée aller à Toronto.

— Ah oui, le souper. Tu n'as qu'à y aller, Sophie.

— Et tu resteras toute seule?

— Ne t'inquiète pas, répond maman d'un ton ferme. D'abord, c'est dans quelques jours. J'irai sûrement mieux. Et puis, la mère de Marjorie peut venir de temps en temps s'occuper de moi. Elle peut faire les courses si j'ai besoin de quelque chose.

— Ouais...

— Sophie, je m'endors. On en reparlera plus tard, mais ne change rien à tes projets. Tout ira bien, je t'assure.

Maman se tourne sur le côté. Fin de la discussion.

Je rapporte le plateau à la cuisine et je prends mon déjeuner. Tout en mangeant, je revois maman, étendue sur une civière, dans la salle d'urgence de l'hôpital, l'air si malade, qui me disait : « Je ne pense pas que ce soit la grippe, Sophie. »

Comment la laisser ? Je devrais peut-être appeler papa. Je me rends compte qu'il ne sait pas encore que maman est malade. Personne ne l'a averti. Même s'ils ne sont plus mariés, papa a bien le droit de savoir que son ex-femme une pneumonie. Surtout si ça veut dire que je ne pourra pas le rejoindre à Toronto pour notre fin de semaine spéciale.

Je compose le numéro du bureau de papa. Sa secrétaire répond.

— Bonjour, c'est Sophie. Est-ce que papa est là ?

Papa a donné comme consigne à sa secrétaire de lui passer tous mes appels, quelle qu'en soit la raison, même s'il assiste à une réunion importante. C'est ainsi que, quelques minutes plus tard, j'entends la voix de papa.

— Bonjour, ma belle ! Qu'est-ce qui se passe ? Tu devrais être à l'école. Es-tu malade ?

— Non, dis-je, mais c'est maman. Elle a une pneumonie.

— Une pneumonie ! Est-ce qu'elle est à l'hôpital ? Chez qui habites-tu ?

— Tout va bien. Elle est ici. Hier, elle a été amenée à l'urgence, mais le médecin a dit qu'elle pouvait revenir à la maison.

J'explique à papa que maman ne se sentait pas bien depuis quelque temps et ce qui s'est passé hier.

— Et tu es sûre que ça va, maintenant ? demande-t-il. Elle n'aurait pas dû rester à l'hôpital ?

— Je suis sûre. Tu peux appeler madame Picard, si tu veux vérifier.

— Je le ferai peut-être, dit papa d'un ton soucieux. Sophie, qui s'occupe de toi?

— De moi? Mais je ne suis pas malade. C'est moi qui prends soin de maman. Mais... je m'inquiète un peu de ce qui va se passer en fin de semaine.

— Je t'aiderai à trouver une solution, propose papa. Je pourrais demander à un service d'infirmières visiteuses de s'occuper de ta mère pendant la fin de semaine.

— D'accord, dis-je d'un ton morne.

— Eh là! souris un peu! Dans trois jours, tu viens me rejoindre et tu oublieras tout ça. Chérie, j'espère que tu sais à quel point tu comptes pour moi. Pour ta mère et moi. Je serai vraiment honoré que tu sois à mes côtés ce soir-là. Ce sera un moment inoubliable, et c'est avec toi que je veux le partager.

Je sens mon estomac se nouer. D'un côté, il faut que j'aille à Toronto en fin de semaine, car je ne peux pas décevoir papa. Mais je ne peux pas non plus quitter maman. Pourquoi est-ce que je dois toujours choisir entre mes parents? Il devrait y avoir un *Manuel du divorce à l'intention des enfants* pour expliquer quoi faire dans des cas comme ceux-là. On y dirait sans doute que même si on décide avec quel parent on vivra après le divorce, on devra pour toujours faire des choix entre les deux.

Je me demande si tout ça va continuer quand je serai plus vieille, que je serai mariée et que j'aurai des enfants. Je me vois déjà à Noël: «Chéri, où va-t-on fêter Noël cette année? Chez ma mère ou chez mon père?» Et mon mari, dont les parents seraient également divorcés, répondrait: «On pourrait aussi aller chez ma mère ou chez mon père.»

Au moins, quand on est adulte, on peut dire: «On reste chez nous à Noël.» Mais alors, je m'inquiéterais de mes parents qui passeraient les fêtes tout seuls.

Tiens, je devrais écrire moi-même ce manuel sur le divorce. Je pourrais demander à toutes mes amies dont les parents sont divorcés d'y apporter leur contribution.

Puis, je décide de ne plus penser au problème de la fin de semaine. De toute façon, je dois m'occuper de ma mère. Je dois veiller à ce qu'elle prenne ses médicaments, de bons repas, et qu'elle ne reste jamais seule, au cas où elle aurait besoin d'aide pour aller à la salle de bains, par exemple.

Plus tard, ce matin, madame Picard arrive.

— Sophie? Je ne m'attendais pas à te trouver ici. Tu devrais être à l'école.

Être à l'école? Et ma mère, alors!

— Je prends soin de maman, dis-je, étonnée de sa remarque.

— Mais ça peut durer un certain temps, tu sais.

C'est un bon point, et j'y ai déjà réfléchi. Maman va probablement être malade quelques jours. Et je ne peux pas m'absenter indéfiniment de l'école. Ça m'arrive déjà assez souvent de m'absenter quand c'est moi qui suis malade.

— Je sais, dis-je, mais tout est réglé. Ne vous inquiétez pas.

J'ai décidé que, comme je ne peux pas être sans cesse aux côtés de maman, il fallait prévoir quelqu'un pour me remplacer. Alors je vais appeler les amies de maman et les voisins pour qu'ils se relaient auprès d'elle pendant que je serai à l'école. Je m'occuperai de maman le reste du temps. Je demanderai à Anne-Marie de trouver des gardiennes à ma place pendant les prochains jours ; je suis sûre qu'elle comprendra. Elle peut même appeler nos membres associés, au besoin.

Pendant que madame Picard discute avec maman, je vais chercher une grande feuille de papier et je m'installe à la table de la cuisine. Je dresse un horaire quotidien et j'indique à quels moments je serai à l'école. Puis je prends le téléphone.

— Madame Biron ? Ici Sophie Ménard. Avez-vous su que maman est malade ?... Oui, elle a une pneumonie.

Après quelques appels, j'ai déjà des « remplaçantes ». Et à l'heure du dîner, mon horaire est rempli.

CHAPITRE 7

Je suis fière de mon travail. Non seulement j'ai trouvé tous les gens dont j'avais besoin, mais mon système fonctionne à la perfection. À sept heures trente, mercredi matin, je prends mon déjeuner tout en préparant celui de maman, lorsque la sonnette de la porte rententit. C'est madame Arnaud, notre voisine, la mère de Martine et Caroline (des jumelles qu'on garde souvent, au Club).

Je cours répondre.

— Merci infiniment d'être venue !

— Mais ça me fait plaisir, Sophie ! répond madame Arnaud.

— Maman dort encore, du moins je pense. Elle va se réveiller bientôt, et je vous demanderais de lui apporter son déjeuner. Elle a besoin de refaire ses forces. À huit heures et demie, elle doit prendre un de ces comprimés, et on peut lui donner de l'aspirine au besoin, parce qu'elle a des maux de tête. Son prochain comprimé devra lui être donné à dix heures, mais vous serez déjà partie.

Je consulte mon horaire.

— C'est ça. Madame Barrette sera déjà ici. J'ai laissé des instructions sur la table de la cuisine pour chaque personne qui s'occupera de maman pendant que je serai à l'école.

Je remarque que madame Arnaud sourit, et je hausse les sourcils.

— Sophie, si je souris, c'est que la situation est amusante : je viens chez toi, et tu me donnes des instructions.

— C'est vrai ! dis-je en souriant. Tout le contraire de ce qui se passe lorsque je vais chez vous garder vos enfants. Vous venez garder ma mère !

Dix minutes plus tard, je dis au revoir à maman, qui est à demi réveillée.

— Désolée de te laisser, mais je dois vraiment aller à l'école. Madame Arnaud est en bas, dans la cuisine. Elle va t'apporter ton déjeuner, puis ton comprimé, et elle restera jusqu'à neuf heures et demie. Ensuite, madame Barrette va la remplacer, puis madame Biron, et enfin madame Prieur. Elle n'amènera pas son bébé. C'est madame Biron qui va le garder. Je reviendrai directement de l'école pour relayer madame Prieur. Et je serai ta gardienne jusqu'à demain matin.

J'essaie d'être convaincante pour ne pas inquiéter maman. Mais à peine suis-je sortie de la maison que c'est moi qui commence à m'inquiéter. Est-ce que mes « gardiennes » vont arriver à l'heure ? Et si l'une d'elles oubliait de venir ? Et si quelqu'un se trompait de comprimé ? Et si... Et si... Et si... Entre les cours, j'ai souvent envie de téléphoner chez moi, mais je n'ose pas. Si maman dort bien, je pourrais la réveiller.

Dès que la cloche annonce la fin des classes, je file à la

maison. J'entre en trombe puis je m'arrête, pour écouter. Pas un bruit.

— Maman?

Madame Prieur apparaît en haut de l'escalier.

— Chut! Sophie! murmure-t-elle. Ta mère dort.

— Est-ce qu'elle a dîné?

— C'est madame Biron qui l'a fait manger, répond-elle en descendant l'escalier sans bruit. Je crois qu'elle a presque tout avalé et qu'elle a pris beaucoup de liquide.

Maman va donc bien. Pas aussi bien que d'habitude, mais au moins, tout s'est bien déroulé. Mes « gardiennes » sont arrivées à l'heure prévue, et maman a pris ses comprimés. Je soupire de soulagement.

Lorsque maman se réveille, je vais la retrouver et je reste avec elle. J'ai l'impression qu'elle a l'air mieux qu'hier, ce qui veut dire qu'elle est sur la voie de la guérison.

À dix-sept heures quinze, je suis assise à côté d'elle sur son lit, et nous regardons la télé. D'habitude, maman lit à cette heure-là, mais elle a mal à la tête. Soudain, elle prend sa montre-bracelet sur la table de chevet.

— Sophie! s'exclame-t-elle. Tu as une réunion du Club dans quinze minutes. Vite!

— Non, maman. J'ai averti Christine que je n'irais pas aujourd'hui. Diane va me remplacer.

Au même moment, nous entendons la porte d'entrée claquer, puis une voix :

— Vous êtes là?

— C'est la mère de Marjorie! s'exclame maman.

Madame Picard est venue faire une petite visite.

— Tu vois, tu peux aller à ta réunion, Sophie. Je ne

serai pas seule, et ça ne dure qu'une demi-heure.

— Mais...

— Eh oui, ma chérie, dit madame Picard. Mon mari est rentré plus tôt, aujourd'hui. File !

J'enfourche mon vélo et je me précipite chez Claudia.

Toutes les filles sont étonnées de me voir arriver.

J'essaie de profiter au maximum de cette réunion. Une demi-heure à ne pas penser à l'école ou à la santé de maman.

— Eh bien, conclut Claudia lorsque nous en avons fini avec les affaires du Club, les commandes postales sont devenues l'événement de l'heure.

— Ah oui ? dis-je.

— Je te jure ! répond Marjorie. Les échantillons commencent à arriver.

— J'étais chez les Biron, cet après-midi, ajoute Jessie. Matthieu a reçu deux écussons à coudre sur ses vêtements. Sur l'un, on lit *JE PORTE UN APPAREIL ORTHOPÉDIQUE. ET APRÈS ?* et sur l'autre, *LA CULTURE, C'EST COMME LA CONFITURE. MOINS ON EN A, PLUS ON L'ÉTEND.* Je ne sais vraiment pas pourquoi il a commandé ça. Lui non plus, j'imagine. Mais il adore sûrement recevoir du courrier.

— Hier, dit Marjorie, Vanessa a reçu un bidule pour fabriquer des bracelets, et Nicolas, une bille de verre et un dépliant sur les camps d'été pour adolescents.

— J'espère que Vanessa recevra bientôt son exerciseur pour le buste, commente Christine en examinant sa poitrine, qui n'est pas très développée.

— Moi aussi ! ajoute Anne-Marie en riant.

Puis Diane intervient.

— Désolée de changer de sujet, mais as-tu décidé ce

que tu ferais en fin de semaine, Sophie?

Mes amies savent que je suis prise entre deux feux. Nous nous confions tout.

— Je ne veux vraiment pas laisser maman toute seule, dis-je, mais vous savez combien ce souper est important pour mon père.

— Oui, répond Diane, qui a souvent vécu cette situation.

(Tiens, elle pourrait m'aider à écrire le *Manuel du divorce*. Elle a autant d'expérience que moi dans ce domaine.)

— Je sais bien que tout le monde m'a aidée. Et j'ai réussi à trouver plein de monde lorsque j'ai décidé de retourner à l'école. Mais je ne sais plus. Je me sens coupable d'aller passer une fin de semaine à Toronto et de m'amuser pendant que maman lutte contre une pneumonie. Même si elle est bien entourée. Maman ne m'a jamais abandonnée quand j'étais malade.

— Mais elle est ta mère, et tu es sa fille, dit Christine.

— Et puis? Les mères ont besoin qu'on s'occupe d'elles, elles aussi. De toute façon, si ta mère avait une pneumonie, est-ce que tu partirais en vacances? Ça serait égoïste.

— Peut-être, mais tu as aussi des responsabilités envers ton père, lance Jessie.

— Je sais, je sais.

— Et, poursuit-elle, tu ne peux pas changer la date. Le souper a lieu vendredi, et c'est tout.

— Je le sais autant que toi. Oh! Jessie, je suis désolée! Je ne voulais pas te blesser. Mais je pense à tout ça depuis lundi soir. D'un côté, je me dis que c'est une occasion extraordinaire de célébrer la promotion de papa. Tout ce qu'il m'a demandé, c'est d'être présente ce soir-là. Puis je me dis que maman a une pneumonie, et qu'on peut même en mourir. Je sais bien que maman ne va pas mourir, elle commence à guérir. Mais ce n'est pas comme un vulgaire rhume. Il y a deux jours, elle était à l'urgence.

Diane fronce les sourcils. Christine et Marjorie regardent au plafond, comme pour obtenir une réponse. Après quelques secondes, je leur demande :

— Si vous étiez dans ma situation, qu'est-ce que vous feriez ?

Elles passent au vote. Trois iraient à Toronto et trois resteraient à la maison.

— Vous m'aidez vraiment ! dis-je pour les taquiner.

Après la réunion, sur le chemin du retour, je prends une décision. Je ne peux pas laisser maman toute seule. Je vais rester avec elle jusqu'à ce qu'elle soit guérie.

Je sais bien que papa ne sera pas très heureux de ma décision. Et il faut que je lui en fasse part le plus tôt possible. Tout de suite après le souper, je l'appelle.

— Papa ? Je dois te dire quelque chose. J'ai bien réfléchi, et je ne viendrai pas à Toronto en fin de semaine. Il faut que je m'occupe de maman.

— Quoi ?

— Tu as bien entendu. Je ne pourrai pas t'accompagner à ce souper.

— Mais, Sophie, c'est important. Et tu es mon invitée !

— Tu peux inviter quelqu'un d'autre. Tu as encore du temps.

— Non, répond papa, d'un ton désemparé. Je ne peux pas. Tu es la plus importante pour moi, et je ne connais personne d'autre à inviter. Tu es tout ce que j'ai.

— Si tu travaillais moins, dis-je, tu aurais peut-être l'occasion de rencontrer des gens intéressants. Mais ton travail passe avant tout. Ton foyer, c'est le bureau.

J'entends papa respirer bruyamment, et je me rends compte de la gravité de ce que j'ai dit. Je viens presque de l'accuser d'être responsable du divorce. J'ai envie de pleurer.

— Papa, je suis désolée ! Je ne voulais pas dire ça. Vraiment. Mais... mais je ne peux pas laisser maman toute seule !

— Je te comprends, dit papa très doucement.

Je ne suis pas sûre qu'il me comprenne.

CHAPITRE 8

Jeudi

J'ai gardé chez les Cadieux cet après-midi, et la folie des commandes postales continue. Jacques et Lysonne n'arrêtaient pas de guetter l'arrivée du facteur. Pascale s'est mise de la partie, même si elle est trop petite pour commander des échantillons. Elle n'a donc rien reçu, mais elle aime bien examiner les paquets destinés à son frère et à sa sœur. Hier, Lysanne lui a même donné un échantillon : du vernis à ongles appelé « Pleine lune », parce qu'il est phosphorescent. Les ongles de Pascale sont tout petits... mais elle se dit qu'ils vont allonger.

De toute façon, les commandes se

mettent à pleuvoir, et vous devriez voir combien les enfants sont excités dans le quartier. Le facteur doit se prendre pour le père Noël.

— Regarde-moi, Anne-Marie!

Lysanne Cadieux accueille Anne-Marie à la porte et est tout excitée. Mais Anne-Marie ne remarque rien de spécial. Elle examine la petite de la tête aux pieds, se demandant ce qu'elle aurait dû trouver de nouveau. Lysanne donne l'impression de quelqu'un qui a réellement changé, mais en quoi?

Avant qu'Anne-Marie n'ait pu trouver une excuse, Lysanne lui annonce en sautant joyeusement:

— C'est mon rouge à lèvres!

Anne-Marie a beau chercher, elle ne voit aucune trace de rouge à lèvres.

— Ton rouge à...

— Oui! C'est ça. C'est un rouge à lèvres, enfin un truc, qui change de couleur. Si on est en colère, ça devient rouge. Si on est heureuse, il tourne au rose. Si on a peur, c'est jaune. Et si on est jalouse, ça devient vert.

— Oh! la la! s'exclame Anne-Marie, qui ne voit toujours rien sur les lèvres de Lysanne.

Elle entre dans la maison et, au passage, dit bonjour à Jacques, qui a huit ans, et à Pascale, cinq ans. (Lysanne a six ans.) Puis elle discute quelques minutes avec madame Cadieux avant que cette dernière ne parte faire des courses. Dès que leur mère est sortie, les enfants entraînent Anne-Marie dans la salle de jeu.

— Viens voir ce qu'on a reçu !

Le canapé est couvert de bouteilles, de pots, de dépliants, de jouets de pacotille et d'autres articles qu'Anne-Marie n'arrive pas à identifier.

— Mais qu'est-ce que c'est ? demande-t-elle en montrant l'un de ces objets étranges.

— C'est du *Pouf!* répond Jacques. Un détachant universel.

— Ça enlève même les taches de terre et d'herbe incrustées.

— Et ceci ? demande-t-elle de nouveau en prenant un petit flacon.

— C'est de la poussière de sol lunaire, lance Jacques avec fierté.

— Oui, ça vient de la Lune. Des astronautes en ont rapporté un sac.

— Et nous sommes seulement vingt dans le monde entier à en avoir reçu un petit peu, poursuit Jacques. Nous allons être célèbres.

— De la vraie poussière de sol lunaire ? demande Anne-Marie. Tu es sûr ?

— C'est ce qu'on disait dans l'annonce.

— Ah bon, fait Anne-Marie.

— Devine combien ça nous a coûté, dit Lysanne.

— De la vraie poussière de sol lunaire, je dirais que ça a dû coûter plutôt cher. Disons...

— Soixante-quinze cents ! l'interrompt Lysanne.

— On a tous donné vingt-cinq cents, dit Pascale. Même moi. Alors j'ai un peu de poussière de sol lunaire. Je serai célèbre, moi aussi.

La sonnette de la porte retentit. Les enfants se précipitent sur les talons d'Anne-Marie. Bruno Barrette et Nicolas Picard sont devant la porte d'entrée. Bruno tient un sac de papier.

— Le facteur n'est pas encore passé, annonce Bruno en entrant. Puis il ajoute : Bonjour, tout le monde.

— Il n'est pas encore passé ici non plus, dit Jacques.

— Mais il devrait presque avoir fini sa tournée, non ? demande Anne-Marie.

— Tu as raison, dit Nicolas, mais on va l'attendre. Et, j'oubliais, bonjour, tout le monde... Où peut-il bien être, ce facteur ?

« Il marche probablement de maison en maison, en portant de peine et de misère un sac qui pèse des tonnes, rempli d'échantillons », se dit Anne-Marie.

— Qu'est-ce qu'il y a dans ton sac ? demande Pascale à Bruno.

— Vous n'en croirez pas vos yeux ! répond-il.

— On veut voir ! crie Lysanne.

— Alors, allons dehors, dit Bruno. Je vais vous montrer ça pendant qu'on attend le facteur.

Bruno s'installe devant la maison. Nicolas, Jacques, Pascale et Lysanne s'assoient autour de lui. Il s'apprête à ouvrir le sac lorsqu'on entend soudain un « bonjour » sonore. C'est Hélène Biron, qui arrive avec Matthieu. Vanessa et Margot Picard les suivent.

— Bonjour ! fait Anne-Marie.

— Bruno va nous montrer quelque chose, annonce Pascale.

Nous sommes maintenant deux fois plus nombreux. Bruno prend tout son temps pour déplier le haut du sac et, lentement, il en retire un flacon de...

— Poussière de sol lunaire, murmure-t-il d'un ton mystérieux. C'est de la poussière qui vient vraiment de la Lune. Et c'est un astronaute qui l'a rapportée, à bord d'une fusée.

Jacques écarquille les yeux.

— Oh! la la! tu fais partie des vingt personnes chanceuses, dit-il. C'est incroyable!

— Quoi? demande Bruno.

— Ça veut dire que tu fais partie des vingt personnes qui ont acheté de la poussière de Lune. As-tu lu le petit papier qui accompagnait le flacon?

— Oui, répond Bruno.

— Lysanne, Pascale et moi, nous en avons aussi acheté. Nous avons tous donné un peu de nos économies. Tout comme toi, Bruno.

— Et tout comme les Picard, dit Margot. Moi aussi j'en ai commandé, mais je ne l'ai pas encore reçue.

Anne-Marie remarque que Matthieu et Hélène se parlent par signes. Hélène se tourne vers nous et dit:

— Matthieu veut savoir s'il fait aussi partie des vingt chanceux. Il a commandé de la poussière de Lune, la semaine dernière.

— Tout ça me semble bizarre, dit Jacques. Comment ça se fait que tant de nos voisins reçoivent de la poussière de Lune?

— Hé! les gars et les filles, ça... commence Anne-Marie.

— Le facteur! crie Pascale.

— Où ça? demande Nicolas.

— Mais là!

Les enfants regardent plus loin dans la rue. À quelques pâtés de maison de chez les Cadieux, on aperçoit quelqu'un en uniforme bleu. C'est peut-être le facteur.

— On va aller à sa rencontre! propose Vanessa.

— Tous? dit Anne-Marie. Non, non. Attendez qu'il ait livré le courrier dans le quartier. Ensuite, vous irez chacun chez vous ramasser vos colis.

L'idée semble intéresser les enfants, bien que l'attente leur pèse. Ils ne sont pas particulièrement patients. Nicolas tire sur la queue de cheval de Margot. Pascale chatouille Lysanne et lui dit que c'est une araignée qui se promène dans son dos. Bruno se met à chanter à tue-tête et, bientôt, les autres se bouchent les oreilles.

Le facteur n'est pas encore passé lorsque Bruno dit:

— On peut aller voir chez moi, maintenant? Le courrier doit être arrivé.

— D'accord, dit Anne-Marie.

Les neuf enfants partent en trombe.

— Hé! attendez-moi! crie Anne-Marie.

Bruno arrive devant chez lui en même temps que sa sœur Suzon, qui a pris un raccourci en traversant la cour des Barrette. Ils entrent presque en collision et essaient tous deux de saisir le courrier.

— Je veux ouvrir la boîte aux lettres! crie Bruno.

— Non, c'est moi! s'exclame Suzon.

Anne-Marie les sépare et dit:

— Ouvrez-la ensemble.

Les deux enfants fouillent dans la boîte aux lettres pendant que les autres les observent avec envie.

— Ça y est! crie Bruno.

— Je l'ai reçu! s'écrie Suzon.

— Qu'est-ce que vous avez reçu? demande Anne-Marie.

— Mon tampon pour humecter les timbres, répond Bruno.

(Anne-Marie se demande bien pourquoi on invente de tels gadgets, plutôt que de lécher les timbres, tout simplement.)

— Et moi, ma poussière de Lune, fait Suzon.

Tout le groupe demeure bouche bée. Finalement, Hélène prend la parole :

— Ta poussière de Lune, dis-tu ?

— Oui !

Suzon déchire une petite enveloppe et en sort triomphalement un minuscule flacon, sans se rendre compte de la réaction de surprise de ses amis.

— Voilà ! Je me demande ce qu'on dit là-dessus, ajoute-t-elle en tendant un petit papier à Bruno.

Il le prend, mais ne lit pas ce qui y est inscrit.

— Je sais ce que ça dit, déclare-t-il d'un ton lugubre. Ce sont des mensonges.

— Comment ça ?

Bruno regarde Anne-Marie, puis ses amis. Hélène secoue légèrement la tête. Bruno réfléchit un instant. Finalement, il dit :

— Rien, rien, Suzon. Ce sont des explications sur la poussière de Lune. C'était une bonne idée de commander cet échantillon.

— Merci.

— Alors, Bruno, as-tu reçu autre chose ? demande Anne-Marie joyeusement.

Bruno examine encore le courrier.

— Juste mon bidule pour les timbres. Bon, on va aller voir ce que vous avez reçu !

Les enfants partent chez les Picard, laissant Suzon et sa poussière de Lune dans le jardin des Barrette. Anne-Marie a l'impression qu'ils sont moins excités que tout à l'heure.

Dans la boîte aux lettres des Picard, Nicolas trouve un peigne à moustache.

Chez les Biron, Hélène découvre un échantillon de crème pour éliminer les pattes-d'oie en moins de dix jours.

Dans la boîte aux lettres des Cadieux, Jacques trouve un dépliant intitulé : *Pour la future mariée.*

Les enfants examinent leurs trésors.

— Mon tampon pour les timbres ne fonctionne pas, gémit Bruno.

— Qu'est-ce que c'est, des pattes-d'oie ? demande Hélène. Et qu'est-ce que je vais faire de cette crème ?

— Et qu'est-ce que tu vas faire de ton peigne à moustache ? demande Vanessa à Nicolas.

— Je le donnerai à papa.

— Il n'a pas de moustache.

— C'est vrai, convient Nicolas.

Jacques déchire son dépliant.

— Alors, dit-il à ses amis, qu'est-ce qu'on fait, maintenant ?

— On va commander autre chose, suggère Bruno.

Mais ils ne le peuvent pas. Ils n'ont plus un sou.

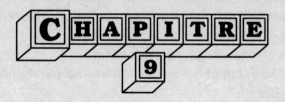

CHAPITRE 9

Pendant qu'Anne-Marie parcourt le quartier d'une boîte aux lettres à l'autre, je suis à la maison avec maman.

Je la surveille pendant son sommeil. Elle ne dort pas très bien. Elle n'arrête pas de tousser.

— Ça n'a pas bien été ce matin, m'a informée madame Biron lorsque je suis revenue de l'école. Et elle fait un peu de fièvre.

— Pensez-vous qu'elle devra retourner à l'hôpital?

— Non, dit-elle pour me rassurer. Je crois qu'elle a simplement besoin de sommeil. Cela se produit parfois. Elle se sentira probablement mieux demain.

— J'espère.

Dès lors, je commence à reconsidérer la décision que je viens de prendre. Il ne s'agit pas de décider entre mes deux parents, mais de les satisfaire l'un et l'autre. Je pourrais partir pour Toronto vendredi après-midi, comme prévu, aller au souper avec papa et revenir à Nouville tôt samedi matin. Je laisserais maman moins de vingt-quatre heures et je ne décevrais pas mon père. Ça m'inquiète encore un peu de quitter maman pour une nuit, mais je pourrais trouver des gens qui la veilleraient, comme je l'ai fait pour pouvoir aller à l'école.

Mais là, en regardant maman et en pensant aux paroles de madame Biron, je me demande si je peux vraiment la laisser pendant la nuit de vendredi à samedi. Puis je me rappelle l'affreuse conversation téléphonique avec mon père.

Je soupire.

Au même instant, maman se réveille. Elle se retourne et m'aperçoit dans le fauteuil, près de son lit.

— Bonjour, ma chérie, marmonne-t-elle en prenant un mouchoir en papier.

— Bonjour. Comment te sens-tu ?

— Mieux, je crois.

— Tu es sûre ?

— Oui. En fait, j'ai froid. J'ai eu tellement chaud tout à l'heure que j'ai repoussé les couvertures.

Maman se recouvre.

— Je vais prendre ta température, dis-je.

Quelques minutes plus tard, j'examine le thermomètre.

— Tu ne fais plus de fièvre, maman ! Madame Biron avait peut-être raison. Tu avais simplement besoin de sommeil.

— Et tu sais quoi ? J'ai faim.

— Fantastique ! Je te prépare une collation.

Maman mange de bon appétit, puis elle me demande une tasse de thé. Ensuite, madame Picard vient faire un tour. Pendant qu'elles prennent le thé dans la chambre, j'appelle papa.

J'ai la main qui tremble lorsque je compose le numéro de son bureau.

— Bonjour, dis-je à sa secrétaire. C'est Sophie. Est-ce que papa est là?

— Un instant.

Quand papa répond, il a un ton hésitant.

— Sophie?

— Bonjour, papa. Euh... écoute. J'ai bien réfléchi. Je vais venir à ton souper...

— Ah! tu me fais plaisir!

— ... mais je reviendrai à Nouville tôt samedi matin. Je ne resterai pas à Toronto pour la fin de semaine, mais je serai là pour ton souper.

— Ça me semble raisonnable, dit papa.

— Il me reste à prendre certains arrangements pour maman, pendant que je serai partie.

— Elle ne peut vraiment pas rester seule? demande-t-il.

Puis papa et moi parlons en même temps.

— Je vais appeler une infirmière visiteuse, dit-il.

— Je vais en parler à nos voisines, dis-je.

Bip!

— Ne quitte pas, papa. J'ai un appel en attente.

J'appuie sur le bouton de mise en attente. J'adore ce système.

— Allô!

— Bonjour, ici le docteur Thibault. J'appelle au sujet des analyses sanguines de madame Ménard.

— Ah oui! dis-je. Je suis sa fille. Ne quittez pas, je vous reviens dans un instant.

J'appuie de nouveau sur le bouton.

— Papa? Je dois te laisser. C'est la médecin qui va nous donner les résultats des analyses de maman.

Papa raccroche et je parle au docteur Thibault. Puis je passe l'appareil à maman.

— C'est bien une pneumonie, me dit-elle à la fin. Une simple pneumonie. Tous les autres tests sont négatifs.

— Quels autres tests?

— Oh! les médecins voulaient s'assurer d'avoir fait le bon diagnostic, afin de me traiter en conséquence!

Ouf! Heureusement que je n'étais pas au courant. J'aurais passé les trois derniers jours à me demander si les médecins ne s'étaient pas trompés et si maman n'avait pas une leucémie ou quelque chose du genre.

Madame Picard se lève pour partir. Il faut que je lui parle de la nuit de vendredi à samedi. Et je n'en ai pas encore soufflé mot à maman.

— Maman? Je viens de téléphoner à papa. J'ai pris une décision pour la fin de semaine. J'irai à Toronto après l'école, demain, et je reviendrai par le premier train, samedi matin. Qu'est-ce que tu en penses?

— C'est parfait.

— Tu es sûre?

— Sûre.

— D'accord. Je vais en discuter avec madame Picard et m'assurer que quelqu'un sera là pour s'occuper de toi tout le temps. Bon, j'ai un tas de choses à faire. Je dois préparer mes bagages, et il ne faut pas que j'oublie mes nouveaux vêtements. Je dois aussi appeler les voisines. Et il faut que j'avertisse Christine que je n'irai pas à la réunion, demain. Sais-tu où est l'horaire des trains?

Comme vous pouvez l'imaginer, le reste de l'après-midi est plutôt frénétique. Je me rappelle soudain que j'ai des devoirs à faire, tout en m'occupant de maman.

Une chose à la fois. Je m'installe à mon bureau, j'ouvre mon livre de mathématiques et je prends une feuille de papier.

Mais je n'arrive pas à me concentrer.

Alors j'allume la radio, je mets ma valise sur mon lit et je commence à faire mes bagages : mon nouvel ensemble, ma chemise de nuit, mon...

— Sophie ? appelle maman.

— Oui ?

— Je suis désolée de te déranger, chérie, mais je suis à court de mouchoirs en papier.

Je lui en apporte une boîte, puis je retourne dans ma chambre.

Bon. Mes sous-vêtements.

— Sophie ?

— Oui ?

— Je suis réellement désolée, mais...

— Ne t'en fais pas. Je suis ici pour ça.

— ... je ne sais plus où est passée la télécommande.

Je la trouve entre le lit et la commode.

Je retourne encore une fois dans ma chambre. Soudain, je me dis que je dois d'abord m'occuper du CBS. Alors j'appelle Diane.

— Bonjour, c'est moi. Écoute, je ne pourrai pas être présente à la réunion, demain.

— Tu veux dire que tu as décidé d'aller à Toronto ? s'écrie Diane.

— Juste pour le souper. Je reviendrai samedi matin.

— C'est une bonne solution.

— Oui, mais je dois trouver des gardiennes pour maman. Et il faut que je fasse ma valise. Et si je t'appelle, c'est parce que je ne serai pas là demain. Peux-tu me remplacer comme trésorière?

— Pas de problème. Ce n'est même pas le jour de la collecte des cotisations.

— La seule chose que tu ne dois pas oublier, c'est de donner de l'argent à Christine pour qu'elle paie Charles. Et il se peut qu'une des membres ait besoin d'argent pour sa trousse à surprises. Je crois que c'est tout.

— Parfait. On se voit à l'école demain?

— Oui... Euh... Diane...

— Oui?

— Est-ce que tu as déjà été en colère contre tes parents parce qu'ils avaient divorcé?

— Des tas de fois! Pourquoi?

— Je ne sais pas. Je pense que si maman et papa étaient encore ensemble, je ne serais pas dans une telle situation. Je veux dire au sujet de la fin de semaine. Si nous vivions tous les trois à Toronto, c'est maman qui aurait accompagné papa au souper. Et si elle avait eu une pneumonie, je ne sais pas ce qui se serait passé, mais ça ne m'aurait sûrement pas affectée de la même façon. Je n'aurais pas eu l'impression d'être prise entre deux feux.

— Je ne pense pas avoir vécu cette situation aussi souvent que toi, répond Diane. Mais quand ça arrive, c'est un problème encore plus compliqué parce que papa habite au bout du monde. Mes décisions supposent des voyages en avion, des décalages horaires, et tout le tralala.

— Qu'est-ce que tu préfères? Toutes les querelles avant le divorce ou tous les problèmes après le divorce?

— Ni l'un ni l'autre.

— Ce n'est pas un choix, dis-je en riant.

— D'accord. Alors je choisis de ne pas répondre.

— Diane !

— Et pour être juste envers les parents, je dois dire qu'il peut y avoir des divorces qui ne causent pas de problèmes. Des fois, tout se passe sans anicroches. Mais si un génie sortait d'une bouteille et me demandait de formuler un souhait, je lui dirais que mon seul désir serait de voir maman et papa encore ensemble et heureux.

— Moi aussi. Bon, il faut que j'appelle Christine. Merci de me remplacer à la réunion. À demain, Diane.

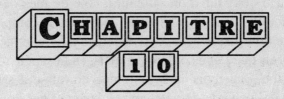

CHAPITRE 10

Après avoir raccroché, j'appelle Christine, qui n'a pas besoin d'un dessin pour comprendre mon absence à la réunion de vendredi. Ensuite, je continue mes devoirs. Je travaille avec application pendant quinze ou vingt minutes, puis je m'arrête lorsque je sens (et que j'entends) mon estomac gargouiller. C'est l'heure du souper. J'ai faim, et j'espère que maman aussi va manger. Alors je laisse mon travail de côté pour la deuxième fois.

Je jette un coup d'œil dans la chambre de maman. Elle regarde en souriant une vieille comédie diffusée sur une chaîne du câble qui reprend des émissions d'il y a vingt ans.

— Maman, veux-tu souper ?

— Souper ? Il me semble que je viens de dîner.

— Mais tu n'as pas mangé beaucoup. Que dirais-tu d'une bonne soupe ?

— Si tu veux. Merci, ma chérie.

Je fais chauffer de la soupe aux légumes, que j'accompagne de craquelins et de beurre d'arachide. Le beurre d'arachide est plein de protéines et de calories.

Quant à moi, j'opte pour un plat surgelé. Pendant qu'il est au four, j'appelle mes «gardiennes». C'est ma dernière chance, parce que, demain après-midi, je pars pour Toronto. Mais où est mon horaire de gardiennes? Je pensais qu'il était sur mon bureau, à côté de mes devoirs. Quel fouillis dans ma chambre! Je me rends compte que maman doit passer beaucoup de temps à faire le ménage. Je pensais que j'étais ordonnée, mais, en faisant le tour de la maison, j'aperçois un évier rempli de vaisselle sale, un panier qui déborde de vêtements à laver, et des boîtes de conserve vides qui traînent un peu partout dans la cuisine. Comment ma mère arrive-t-elle à faire le ménage, tout en travaillant à l'extérieur? Pas étonnant qu'elle ait attrapé une pneumonie!

Je ne cherche pas plus longtemps ma liste. J'appelle les voisines, madame Kishi, madame Barrette et madame Prieur, puis je sens soudain une odeur étrange. Ça y est, mon souper est en train de brûler.

— Madame Prieur, je dois vous laisser. Il faut que j'éteigne le four. Quoi? Oui, vous pouvez me rappeler plus tard. Il me manque encore quelqu'un de minuit jusqu'à huit heures demain.

Je raccroche et je me précipite vers le four pour en retirer mon... repas, presque carbonisé.

J'engouffre le tout à la vitesse de l'éclair et je décide d'appeler madame Biron. Au même moment, madame Picard apparaît sur le perron.

— Bonsoir, madame Picard. Entrez donc.

Elle regarde autour d'elle dans la cuisine et fronce les sourcils.

— Je sais. Ne dites rien! J'ai fait brûler mon souper.

Et veuillez excuser le désordre. Je n'ai pas eu le temps de faire le ménage, je n'ai pas fini mes devoirs et je dois partir demain pour Toronto. Je ne sais même pas qui viendra passer la nuit ici pour s'occuper de maman. De plus, ma valise n'est pas encore faite, et...

— Sophie, ne t'énerve pas, dit madame Picard. Tu as besoin de te reposer un peu. J'ai quelque chose à te proposer. Finis ta valise pendant que je m'occupe de ta mère. Après, va faire tes devoirs chez moi. Cela te changera les idées, et les enfants seront très heureux de te voir.

— Eh bien...

— Allez, vas-y. Ça me fait plaisir de passer quelques moments avec ta mère.

Je cours à ma chambre pour finir mes bagages. J'explique ensuite à maman que je vais chez les Picard, mais que je serai de retour dans deux heures. Je prends mes livres et je file à travers la cour jusque chez Marjorie.

Vanessa me fait entrer par la porte arrière.

— Alors tu es venue ! Maman n'était pas sûre que tu accepterais. Je suis contente ! Je vois que tu as des devoirs à faire, et que tu n'es pas ici pour nous garder. Tu es une invitée. Monte à l'étage. Je m'occuperai des petits pour qu'ils ne te dérangent pas.

— Merci, Vanessa !

En montant l'escalier pour aller dans la chambre de Marjorie et Vanessa, je croise Marjorie.

— Salut ! Tu es venue faire tes devoirs ? dit-elle en voyant mes livres et mes cahiers.

Je hoche la tête.

— Il y a trop de bruit en haut. On va s'installer dans la salle de jeu.

Ça nous prend presque vingt minutes pour nous organiser un petit coin d'étude. Lorsque nous sommes prêtes à commencer nos devoirs, dos à dos pour ne pas nous distraire mutuellement, Margot entre en trombe.

— C'est une salle d'étude, dit Marjorie à sa sœur.

— Une quoi ?

— Une salle d'étude. Nous travaillons très fort, et il ne faut pas nous déranger.

— Vous êtes déjà dérangées, lance Antoine qui a suivi sa sœur dans la salle de jeu.

— Très drôle ! réplique Marjorie.

— C'est ce que je me disais, ajoute Antoine en riant.

— De toute façon, nous essayons d'étudier.

— Mais je veux juste montrer quelque chose à Sophie, dit Margot.

— Quoi, au juste ? soupire Marjorie.

— Mon appareil pour faire les nœuds de cravate. Je l'ai reçu aujourd'hui.

— Oh ! dis-je en haussant les sourcils. Super. J'imagine que tu vas le donner à ton père ou à un de tes frères ?

— Tiens, fait Antoine, je te l'échange contre mon appareil à trancher.

— À faire quoi ? demande Margot.

— À trancher, à faire des tranches, répond Antoine.

— Des tranches de quoi ?

— Oh ! de légumes, d'œufs, de viande, de presque tout. Tu peux faire une salade en deux minutes et demie.

— D'accord.

Les deux enfants échangent leurs gadgets et finissent par nous laisser travailler.

Je m'attaque à un problème de maths. Si $x = 3,2$, alors $3x$ ...

— Les filles ? demande timidement Claire de l'entrée de la salle de jeu.

— On travaille, lui dit Marjorie. S'il y a quoi que ce soit, va voir papa.

— Je ne peux pas. Il faut que je montre quelque chose à Sophie.

Marjorie me regarde avec sympathie.

— Ça fait longtemps qu'ils ne t'ont vue, explique-t-elle. Je suis désolée.

— Pas de problème, dis-je.

Claire sourit et me montre un objet qu'elle tenait derrière son dos.

— C'est l'exerciseur de poitrine de Vanessa, chuchote-t-elle.

— Pourquoi tu me le montres ?

— Parce que Vanessa était trop gênée. Je ne sais pas pour quelle raison.

Marjorie ne peut s'empêcher de rire.

— Qu'est-ce que c'est, exactement ? demande Claire.

— Hum... répondons-nous en même temps.

— À quoi ça sert ? demande Claire de nouveau.

— Hum...

— Eh bien ?

— Va demander à papa, propose Marjorie.

— Je lui ai déjà demandé, mais il m'a dit de demander à maman. Et elle n'est pas là.

Marjorie essaie de changer de sujet.

— Est-ce que Vanessa sait que tu as son exerciseur de poitrine ?

— Peut-être, répond Claire.

— Je crois que tu dois le lui rapporter.

— D'accord, dès que tu m'auras expliqué ce que c'est.

Au même moment, Vanessa entre dans la pièce.

— Ah ! c'est toi qui l'avais !

Elle reprend son exerciseur de poitrine, le cache sous son chandail et court à l'étage.

Claire la suit en demandant :

— À quoi ça sert ? Dis-moi à quoi ça sert ?

Marjorie et moi échangeons un sourire. Nous n'avons même pas repris nos devoirs lorsqu'un cri de frustration provient de la cuisine. C'est Margot.

— Ça ne tranche rien ! Tu m'as bien eue, Antoine !

— Non ! crie Antoine d'une autre pièce. C'est toi qui m'as eu. Ton machin fait des nœuds, mais pas des nœuds de cravate. Ce sont des nœuds qu'on n'est plus capable de défaire !

L'instant d'après, nous sommes assiégées par les enfants et leurs gadgets : Margot avec l'appareil à trancher, Antoine avec celui qui fait les nœuds de cravate, Claire et Vanessa qui se disputent l'exerciseur de poitrine. Nicolas, Bernard et Joël se tiennent là à les regarder.

— NOUS ESSAYONS DE TRAVAILLER ! hurle Marjorie. Apportez tout ça à papa.

Le silence se fait. Puis Joël dit, comme s'il n'avait pas entendu Marjorie :

— J'ai commandé quatre articles par la poste. Il y en a deux sur quatre qui fonctionnent, mais je n'en ai pas besoin.

— L'appareil pour faire les nœuds de cravate ne marche pas, commente Antoine.

— Le truc pour faire les tranches non plus, dit Margot.

— Vanessa, est-ce que ton exerciseur de poitrine fonctionne ? demande Claire

— JE NE SAIS PAS ! hurle Vanessa.

— Vous savez ce que j'aurais aimé ? dit Joël. Un yo-yo. Tout le monde en a un, dans ma classe.

— Dans notre classe aussi, disent Antoine et Bernard.

— Dans ma classe aussi, ajoute Vanessa.

— C'est super, un yo-yo, dit Nicolas. David Thomas en a même un qui éclaire.

— Vous pouvez peut-être trouver des bons de commande pour des yo-yo, dit Marjorie.

— Je n'en ai pas vu, fait Bernard. De toute façon, ça ne changerait rien. Je n'ai plus de sous.

Les autres frères et sœurs de Marjorie hochent la tête. Ils ont dépensé tout leur argent pour acheter des gadgets qui ne fonctionnent pas.

— Papa accepterait peut-être de vous donner votre argent de poche d'avance, suggère-t-elle.

Immédiatement, les enfants quittent la pièce et vont trouver leur père.

Nous nous remettons au travail. Lorsque je reviens chez moi, un peu plus tard, je n'ai pas tout à fait terminé mes devoirs, mais je me sens détendue. Je repense à Claire qui courait derrière Vanessa en criant : « À quoi ça sert ? » Dommage que les enfants Picard n'aient plus d'argent, mais c'est eux-mêmes qui l'ont dépensé, et la situation est plutôt comique.

Pour la première fois depuis lundi, je me sens vraiment calme, et je m'endors dès que je me mets au lit.

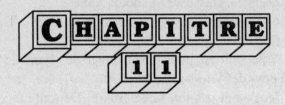

CHAPITRE 11

— Sophie ! Hé ! Sophie !

Je suis sur le perron de l'école. Des ribambelles d'enfants déferlent autour de moi, riant et criant, heureux que la semaine soit terminée. J'attends madame Picard, qui doit m'amener à la gare. Aussi je suis étonnée d'entendre une voix masculine m'appeler.

— Sophie !

Je regarde un peu partout et j'aperçois Sébastien qui m'envoie la main, à l'autre bout de la pelouse.

— Ah ! bonjour !

Je suis tout excitée. Sébastien n'est jamais venu me retrouver à mon école. Ça le gêne probablement parce qu'il est au cégep. Je cours le rejoindre.

— Je te raccompagne chez toi ? demande-t-il.

— J'aimerais bien, mais je ne retourne pas à la maison.

Zut ! Pour une fois, Sébastien m'offre de faire un bout de chemin avec lui, et je suis obligée de refuser à cause de ce stupide voyage à Toronto.

— Ah bon ! dit Sébastien d'un air dépité.

— Je vais à Toronto voir mon père.

— Je pensais que ta mère était malade.

— Oui, mais... Écoute, c'est trop long à expliquer. Je reviens demain, dis-je avec espoir.

Mais tout ce que Sébastien trouve à répondre, c'est :

— Amuse-toi bien. À un de ces jours.

Zut de zut de zut !

— Sophie !

Cette fois, c'est madame Picard. Elle est dans le terrain de stationnement. J'envoie tristement la main à Sébastien, puis je me précipite vers la voiture des Picard. Un peu plus et je fonçais sur Marjorie et Jessie, qui arrivent en sens inverse. Elles viennent aussi me reconduire à la gare et s'installent sur la banquette arrière. Madame Picard m'ouvre la portière avant.

— Merci, dis-je hors d'haleine. Ma valise est bien là ?

— Je l'ai ! crie fièrement Claire, assise entre Marjorie et Jessie.

En fait, ma valise est plutôt un sac de voyage. Je n'apporte pas grand-chose : mon nouvel ensemble, une chemise de nuit et des sous-vêtements. Pour revenir, je mettrai les vêtements que je porte aujourd'hui.

— Merci, Claire, lui dis-je. Et comment va maman, madame Picard ?

— Très bien, ma chérie. Madame Arnaud est avec elle, puis madame Biron va la remplacer vers midi.

— Parfait.

Une fois à la gare, au moment où je monte dans le train, Marjorie, Jessie et Claire font comme si je partais pour un long voyage.

— Envoie-nous des cartes postales ! crie Jessie.

— Je penserai à toi tous les jours, dit Marjorie.

— Amuse-toi bien en Espagne ! lance Claire.

Le trajet jusqu'à Toronto est assez long pour que je puisse finir mon devoir de maths et commencer un travail d'anglais. Je me rends compte soudain que le train s'est arrêté. Je regarde ma montre. Oh oh !...

Je ne sais pas ce qui s'est passé, mais nous arrivons à Toronto avec une demi-heure de retard.

— Sophie ! s'écrie papa quand je le retrouve au bureau de renseignements. Je pensais que tu n'arriverais jamais !

— Moi aussi. On a été bloqué une demi-heure juste un peu avant d'entrer en gare.

— Allons-y ! Il faut faire vite.

Papa m'entraîne dehors et nous sautons dans un taxi. Malheureusement, c'est l'heure de pointe, et pour nous rendre à l'appartement de papa, il nous faut trois quarts d'heure plutôt que douze minutes, comme d'habitude. Je sais que papa aimerait bien presser le chauffeur, mais il a remarqué, tout comme moi, l'affiche posée derrière son siège.

VEUILLEZ NOTER QUE :
Je sais où je vais.
Je sais conduire.
Je suis parfaitement bilingue.

Je regarde papa et j'éclate de rire. Cela réussit à le faire sourire, mais on n'avance pas plus vite.

Lorsque nous arrivons devant l'immeuble, nous nous précipitons à l'intérieur et je file vers ma chambre. (On dit que c'est ma chambre, mais pour une raison ou pour une autre, je ne m'y sens pas chez moi. Je ne reste pas assez longtemps. Ça me fait l'effet d'une chambre d'hôtel.)

— C'est à quelle heure, ce souper ?

— Nous devons être là à dix-huit heures trente.

— Oh ! la la !

— Je sais, nous risquons d'être en retard. On ne pouvait pas prévoir que le train ne serait pas à l'heure.

— Mais on a toujours le temps de faire un peu de repassage ?

— Quoi ? fait papa en entrant dans ma chambre.

— Eh bien, j'ai dû préparer ma valise hier, et mon ensemble est plutôt fripé. Il faut vraiment que je lui donne un coup de fer.

Papa soupire. Sans dire un mot, il installe la planche à repasser.

Je pense que ça valait la peine de prendre quelques minutes de plus. Lorsque je sors de ma chambre, portant mon nouvel ensemble, des bijoux comme papa les aime, les cheveux bien coiffés, papa n'en revient pas. Après quelques instants, il réussit à articuler :

— Tu ressembles... à ta mère. Euh... tu es magnifique, chérie. C'est absolument parfait.

— Merci, papa.

Je suis émue. Mais il faut rompre le charme.

— Vite, papa, il est déjà dix-huit heures vingt-cinq.

Nous attrapons un autre taxi, qui nous amène à une vitesse folle vers un hôtel de luxe du centre-ville. Et quand je dis à une vitesse folle, ce n'est pas exagéré. Nous tournons les coins en faisant crisser les pneus, nous stoppons en catastrophe aux feux rouges et nous repartons de plus belle. Heureusement que ma ceinture me retient en place ! Lorsque nous arrivons devant l'hôtel, je demande à papa :

— Est-ce que je suis en un seul morceau ?

Le chauffeur me lance un regard noir par le rétroviseur, mais il ne dit rien parce que papa s'apprête à lui donner un bon pourboire.

Nous sortons du taxi et entrons dans l'hôtel. Nous suivons les pancartes indiquant : *Banquet en l'honneur de monsieur Ménard*.

— Ils ont même préparé des affiches ?

Papa me répond par un sourire.

Lorsque nous parvenons à l'endroit désigné, je jette un coup d'œil à l'horloge murale. Dix-huit heures trente-trois. Pas mal, après tout.

Nous passons une double porte de chêne massif et pénétrons dans... une salle de bal. Je suis époustouflée. Des lustres de cristal sont suspendus au plafond. Le plancher est recouvert de moquette jaune or, sauf un vaste espace au centre de la salle. Des nappes immaculées couvrent les tables. Devant la place de chaque convive, il y a des ustensiles en argent rutilant et un petit vase de cristal contenant une rose rouge et, au milieu de chaque table, un gros bouquet de roses rouges et jaunes.

— Tout ça, c'est pour toi, papa ?

Il ne répond pas à ma question, mais il dit simplement :

— Je suis si heureux que tu sois ici avec moi pour partager cette soirée.

Et moi, donc ! Quand papa m'avait parlé de ce souper, je n'avais jamais imaginé que ce serait aussi raffiné. Mon père doit être très respecté dans son entreprise.

Je regarde de nouveau les lustres lorsque je me rends compte que papa s'avance pour saluer quelqu'un.

— Sophie ? me dit-il. Je veux te présenter monsieur David, le président. Et voici madame Beaulieu, la vice-présidente.

— Enchanté de faire ta connaissance, Sophie, dit monsieur David.

— Tu dois être très fière de ton père, ajoute madame Beaulieu.

Je suis tellement éblouie que tout ce que je réussis à dire, c'est :

— Oh oui !

— Alors, que la fête commence ! déclare monsieur David.

— Allons nous asseoir, ma chérie, dit papa.

— Où est notre table ?

— Je vais te montrer.

Nous traversons la salle en contournant une quinzaine de petites tables pour arriver à une tribune où une longue table rectangulaire est installée.

— Nous sommes à la table d'honneur, explique papa, avec monsieur David, madame Beaulieu et les directeurs.

— Ah bon ! dis-je d'une voix étouffée par l'émotion.

Nous nous glissons entre la table d'honneur et le mur, lisant les marque-place. Nous sommes assis côte à côte, tout près de la tribune. C'est un vrai conte de fées. Nouville me semble à des milliers de kilomètres d'ici.

Le repas est très raffiné et ponctué de nombreux discours. Pour commencer, on nous sert un... enfin, je ne sais pas comment on appelle deux grosses crevettes sur une feuille de laitue. Une entrée, peut-être ? Ensuite, nous avons un petit bol de consommé.

Premier discours. Madame Beaulieu prend la parole pour souhaiter la bienvenue.

Après, quelqu'un qui semble être un bon ami de mon

père présente des diapositives. C'est un montage sur papa et ses années de travail au sein de l'entreprise. Les invités rient et applaudissent souvent. Je suis même sur une des diapositives. Papa est assis à son bureau et je suis sur ses genoux. Je dois avoir cinq ans environ, et je porte une robe affreuse, des chaussettes qui retombent sur mes chevilles et de vieilles chaussures de sport. Mais le rire que déclenche cette diapositive est si chaleureux que je ne m'en fais pas trop.

Lorsque la présentation est terminée, on nous sert un sorbet. Je ne peux évidemment pas en manger, mais ça m'intrigue.

— C'est déjà le dessert? dis-je tout bas. On n'a même pas mangé le plat principal.

(À moins que les deux crevettes n'aient été le plat principal!)

— C'est pour nettoyer le palais, explique papa. Le reste va suivre.

Comme tous les convives mangent leur sorbet, j'en profite pour aller dans le hall. J'ai remarqué qu'il y a plusieurs téléphones publics à cet endroit. Je vais appeler maman pour savoir comment elle va.

C'est madame Biron qui répond. Maman va bien et elle dort. Rassurée, je retourne à ma place, juste à temps pour me faire servir une assiette de rosbif et des légumes... et pour entendre un autre discours.

Le plat suivant est la salade. Lorsque j'ai terminé, je rappelle à la maison (maman va toujours bien et dort profondément). Cette fois-ci, je reviens au moment du café et du dessert. Le dessert, c'est une mousse au chocolat blanc, mais devinez ce que le garçon m'a apporté: une coupe de fruits frais, avec une belle fraise sur le dessus.

Puis, un autre discours. Celui-là, cependant, c'est mon père qui le prononce ! Il ne semble pas du tout nerveux lorsqu'il ajuste le micro et qu'il affirme bien haut l'importance que l'entreprise revêt à ses yeux. Il parle pendant près de dix minutes. Et il conclut en disant :

— C'est un honneur tout particulier pour moi, ce soir, parce que ma fille Sophie a pu venir partager avec moi ces moments privilégiés. Du fond du cœur, merci à tous. Et merci, Sophie.

Papa revient à sa place, mais monsieur David l'arrête au passage. Il le ramène au micro et dit :

— Pas si vite, mon ami !

Les invités applaudissent en riant. Madame Beaulieu se lève alors et, avec monsieur David, présente à papa une plaque honorifique, le remercie pour ses années de service et le félicite pour sa promotion.

C'est la fin des discours. Et du repas. Je consulte ma montre. Vingt-deux heures ! Oh ! la la ! Je pense à mon train demain à l'aube. Heureusement, les gens commencent à quitter leurs places.

— Papa, il faudrait qu'on parte, nous aussi.

— Déjà ? Mais les gens ne s'en vont pas, la danse va commencer.

— Mais je dois me lever à quatre heures trente, demain matin.

— Tu n'es pas sérieuse ?

Je secoue la tête.

À regret, donc, papa doit quitter ses amis.

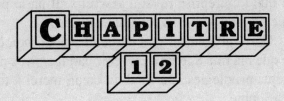

CHAPITRE 12

Le matin, j'ai toujours de la difficulté à me lever. Surtout avant le lever du soleil !

Et papa est comme moi.

Devinez à quelle heure nous nous sommes couchés hier soir. À minuit. Seulement quatre heures et demie de sommeil.

Ça n'a pas été facile de quitter rapidement l'hôtel. Nous avons dû dire au revoir à monsieur David, à madame Beaulieu et à environ quinze autres personnes. Puis, jusqu'à la sortie, plein d'autres invités arrêtaient papa au passage pour lui parler. Alors, comme nous sommes en plus tombés sur le chauffeur de taxi le plus lent de la planète, il était minuit moins cinq quand nous avons retrouvé notre lit.

Lorsque le réveille-matin sonne, à quatre heures et demie, j'ai peine à croire que je dois me lever. Il me semble que je viens tout juste de me coucher...

Je vais dans la salle de bains et je m'asperge le visage d'eau, pour me réveiller. Mais comme je n'ai pas allumé la lumière, je me sens encore tout endormie.

— Papa?

Je frappe à la porte de sa chambre, puis je retourne dans la mienne, je m'assois sur mon lit et je me frotte les yeux. Cette fois-ci, j'allume la lumière.

— Aïe aïe aïe!

La lumière m'éblouit. Finalement, je trouve assez d'énergie pour prendre une douche. Papa en prend une après moi. Je remets les vêtements que je portais hier et je prépare le café pour papa.

— Qu'est-ce qu'il y a pour déjeuner?

— Des gaufres, répond papa. Dans le garde-manger.

Oh! des gaufres! Je sors un pot de fromage en crème et je me sers un jus d'orange en attendant.

Papa arrive enfin et se verse un café. Nous n'échangeons pas un mot.

Il cligne des yeux, pour essayer de se réveiller. Après quelques instants, il me demande:

— Qu'est-ce que tu avais hier soir, Sophie?

— Quoi? dis-je entre deux bouchées de gaufre.

— Tu as décidé de partir si subitement.

— Je voulais me coucher tôt. Je voulais justement nous éviter l'air que nous avons maintenant.

— Mais je ne savais pas que tu devais te lever à quatre heures et demie.

— Je t'avais dit que je voulais prendre le premier train du matin.

— Oui, mais j'étais loin de penser alors que ça nous obligerait à quitter la réception avant la fin.

— Si ça t'a ennuyé, pourquoi ne m'en as-tu pas parlé hier soir?

— Je ne voulais pas gâcher la soirée. Mais je te jure,

Sophie, tu n'as pas arrêté d'aller et venir pendant le repas. Et nous avons été les premiers à partir. En tout cas...

— Écoute, dis-je d'un ton agressif, je suis venue, au moins. J'ai essayé de faire de mon mieux. J'ai essayé d'être là à la fois avec toi et avec maman.

Papa hoche la tête, simplement.

Nous nous parlons à peine jusqu'à notre arrivée à la gare. Même s'il n'est que six heures dix, il y a déjà beaucoup de monde dans la salle des pas perdus, mais c'est beaucoup plus silencieux qu'hier soir, dans la salle de bal. Quelques restaurants servent le déjeuner, et le kiosque à journaux est pris d'assaut par les voyageurs. Des gens font la queue devant les guichets pour acheter leurs billets. Le long d'un mur, quelques clochards dorment, serrant contre eux leurs maigres possessions.

Papa remarque que je les observe.

— Parfois, le personnel les jette dehors et leur dit d'aller dormir ailleurs.

C'est bien la première phrase complète que papa me dit depuis le déjeuner. Il essaie de se réconcilier avec moi. Maman et lui avaient pour habitude de ne jamais aller dormir sans avoir réglé leurs problèmes. S'ils étaient en colère, ils mettaient les choses au point avant de gagner leur chambre. (Je crois que cette règle d'or n'a pas tellement bien fonctionné.) De toute façon, je sens que papa ne veut pas que je reparte pour Nouville en lui gardant rancune. Moi non plus, d'ailleurs.

— Ils les jettent dehors ? Mais où ces pauvres gens peuvent-ils aller ?

— Dans la rue. Dans les entrées de garage. Dans le

métro. Et, parfois, on les chasse aussi du métro.

— Tu te souviens de Judith, papa?

— Judith?...

— La sans-abri qui habitait notre ancien quartier. Avant le divorce.

— Oh! celle-là! Bien sûr.

— Je me demande où elle est rendue, dis-je.

— Je ne sais pas.

— Et je me demande ce qui arrive aux sans-abri lorsqu'ils meurent. Ils peuvent mourir sur le trottoir, ou dans un parc, ou même ici à la gare. Mais on n'en entendra jamais parler. Aux nouvelles, on n'entend jamais rien sur les gens qui sont trouvés morts dans une gare.

— Sophie! s'exclame papa.

— Mais papa, c'est vrai. Tu sais, il y a plein de choses dont il faut se préoccuper.

— Ce n'est pas à toi de le faire.

Nous approchons du quai où est mon train. Un homme en haillons, les pieds enveloppés dans du papier journal, nous tend la main.

— Attends, papa! dis-je.

J'ouvre mon sac à main (ce qui n'est pas une bonne chose à faire dans les rues ou dans la gare d'une grande ville, mais on n'a pas toujours le choix) et je trouve un billet de cinq dollars. Je le donne à ce pauvre homme.

— Merci, murmure-t-il. Que Dieu te bénisse.

— Il n'y a pas de quoi... Euh... bonne chance!

— Sophie, c'était très gentil de ta part, me dit doucement papa peu après, mais tu ne peux pas t'occuper de tout le monde, tu sais.

— Non, mais je peux tout de même essayer...

95

Je m'installe dans mon wagon. Papa reste sur le quai jusqu'à ce que le train parte. Nous nous envoyons la main par la fenêtre et, lorsque le train s'ébranle, papa tourne le dos et s'en retourne à pas lents.

Je dors jusqu'à Nouville.

Madame Picard m'attend dans le terrain de stationnement de la gare de Nouville.

— Bonjour, dit-elle un peu brusquement lorsque je m'installe sur la banquette avant.

J'ai à peine le temps de fermer la portière et d'attacher ma ceinture qu'elle démarre en trombe. Je commence à m'inquiéter. Peut-être qu'elle en a assez de nous aider, maman et moi.

— Est-ce qu'il y a quelque chose qui ne va pas, madame Picard ?

— Oui, un petit problème. Chez toi.

Je dois avoir pâli ou été près de m'évanouir, car elle poursuit rapidement :

— Oh ! ta mère va bien. C'est juste une question d'horaire. Tu vas comprendre bientôt.

Bon. Qu'est-ce que ça peut être, encore ?

Madame Picard gare sa voiture dans notre entrée, et je m'élance dans la maison sans l'attendre. J'entends des voix qui viennent de la cuisine. Maman peut-elle maintenant se lever ?

Non. Dans la cuisine, il y a madame Kishi, madame Arnaud et une dame en uniforme blanc. Elles prennent un café.

— Bonjour, dis-je d'un ton incertain. Où est maman ?

— Elle dort dans sa chambre, répond madame Arnaud.

Madame Picard nous rejoint alors à la cuisine.

— Sophie, je te présente madame Tremblay, une infirmière visiteuse. Ton père l'a engagée pour veiller sur ta mère la nuit dernière.

— Quoi? Il ne m'en a pas parlé. Du moins, je ne me souviens pas.

— Et madame Kishi est ici depuis minuit, poursuit la mère de Marjorie. Elle croyait qu'elle devait rester jusqu'à huit heures ce matin, mais madame Arnaud est arrivée à six heures.

— Oh non! je suis désolée.

— Ne t'en fais pas, dit madame Kishi. Ce n'est pas de ta faute.

Je ne sais pas ce qui a pu se passer au juste. Madame Picard et moi avons téléphoné aux voisines avant et après le souper, jeudi, sans nous consulter. Nous leur avons dit de nous rappeler, ou qu'on les rappellerait, mais je n'ai pris aucune note. Mon système d'horaire est tout chambardé.

La mère d'Anne-Marie est arrivée elle aussi à minuit vendredi, mais elle est repartie. Enfin, lorsque l'infirmière et les voisines s'en vont après leur garde, c'est le calme plat jusqu'à dix heures. Et soudain, deux autres voisines arrivent. Elles n'y comprennent rien, et moi encore moins. (Au fond, je pense que celle qui a le moins bien compris ce qui arrivait, c'est l'infirmière.)

Je fais mes excuses à ces deux voisines et je leur explique qu'elles peuvent retourner chez elles. Puis je préviens maman que, dès maintenant, je m'occupe de tout.

Et je tombe endormie.

Lorsque je me réveille, il est près de quinze heures.

Madame Picard est auprès de maman. Maman a été obligée de l'appeler un peu plus tôt parce qu'elle devait prendre ses comprimés, qui étaient dans la cuisine, et qu'elle ne voulait pas me réveiller. Heureusement, madame Picard semble de meilleure humeur que lorsqu'elle m'a accueillie à la gare au lever du soleil. (Ce n'était pas précisément au lever du soleil, mais pour un samedi, c'était plus que matinal.)

— Sophie, dit maman après le départ de madame Picard, il faut qu'on se parle.

— Oui, je crois.

— Je ne connais pas de fille de treize ans aussi mature et fiable que toi.

— Merci, maman.

— Mais tu ne peux pas te dévouer corps et âme pour tout le monde, tu sais.

— Je pense que papa a essayé de me passer le même message, ce matin.

Et nous parlons longuement, entre mère et fille.

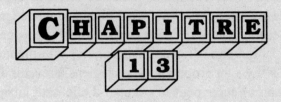

CHAPITRE 13

Jeudi

C'est toujours pareil. Chaque fois que je crois avoir tout vu, il arrive quelque chose d'encore plus farfelu ou plus incroyable. (C'est sans doute mieux ainsi, parce que je n'ai que onze ans et je n'aimerais pas qu'il ne me reste plus rien à découvrir.) Cet après-midi, je garde Bruno, Suzon et Marilou. Comme d'habitude, d'autres enfants sont venus les rejoindre, y compris Nicolas, Vanessa et Margot. Je pensais qu'ils allaient passer l'après-midi à jouer au « bureau » et à commander des échantillons gratuits (ils n'ont plus un sou, alors ils ne commandent que des trucs gratuits). Mais ils n'ont pas ouvert un seul magazine ni une seule revue de bandes dessinées. Ils ont eu une autre idée.

Jeudi, le jour où Marjorie va garder chez les Barrette, ma mère commence à aller mieux. Depuis quelques jours, je lui permets de descendre prendre son repas avec moi. Elle lit un peu plus, dort moins le jour et regarde moins la télé. Mercredi, lorsqu'elle m'a annoncé qu'elle n'avait plus besoin de gens pour rester auprès d'elle pendant que je suis à l'école, j'ai accepté. J'ai cessé de trouver des « gardiennes ». Et maman est capable d'appeler elle-même quelqu'un s'il y a un problème. Mais je tiens à revenir directement après l'école pour m'occuper d'elle, sauf lorsque j'ai une réunion du CBS.

Marjorie sonne chez les Barrette à quinze heures trente. Madame Barrette vient répondre, portant Marilou sur une hanche.

— Bonjour ! dit Marjorie. Où sont Bruno et Suzon ?

D'habitude ils se battent pour répondre à la porte.

— Dans la salle de jeu, dit madame Barrette. Ils semblent très occupés, mais je ne sais pas exactement ce qu'ils font.

Marjorie discute quelques instants avec madame Barrette, puis elle prend Marilou et l'amène à la salle de jeu. Elle parle doucement à la petite, qui fait quelquefois des scènes quand sa mère s'en va.

— Qu'est-ce que ton frère et ta sœur font, en ce moment ? Est-ce qu'ils ont un projet secret ? Est-ce qu'ils commandent encore des échantillons ? Chez moi, mes frères et sœurs ont cessé. Ils n'ont plus de sous.

— Plus de sous ! crie Marilou.

— C'est ça, plus de sous, répond Marjorie en souriant.

— Du zus ? demande Marilou, les yeux pleins d'espoir.

— Tu veux du jus ? Attends un peu. Allons voir ce que

Bruno et Suzon sont en train de faire.

Marjorie entend la porte d'entrée claquer et sait que madame Barrette est partie. Elle est soulagée de voir que son départ n'a pas provoqué une crise de larmes.

— Les enfants ? lance Marjorie en entrant dans la salle de jeu. Bonjour ! Qu'est-ce que vous faites ?

— Maman est partie ? demande Bruno.

— Oui.

— Du zus ? fait de nouveau Marilou.

Quelle conversation ! Marjorie pose encore sa question en s'adressant à Suzon cette fois.

— Qu'est-ce que tu fais ?

Bruno et Suzon sont assis par terre, entourés de toutes sortes d'objets.

— C'est ce qu'on a acheté, explique Suzon. Tout ce que tu vois ici.

— Nos amis vont venir avec leurs achats, ajoute Bruno.

— Du zus ?

— D'accord, je vais te donner du jus, dit Marjorie, qui ne sait toujours pas ce que Bruno et Suzon sont en train de faire.

Pendant que Marjorie prépare un jus pour Marilou, on sonne à la porte. Bruno se précipite pour répondre. Ce sont Hélène et Matthieu qui entrent. Suivent bientôt Jacques Cadieux, Nicolas, Vanessa et Margot. Comme Bruno l'a dit, ils apportent tous les objets qu'ils ont commandés. La salle de jeu des Barrette ressemble à un bazar.

Les enfants examinent leurs trésors.

Marjorie fait de même.

— Alors ? dit-elle.

— Alors nous allons vendre tout ça, explique Bruno.

— Pardon ? fait Marjorie en s'étouffant presque.

— Nous allons vendre.

Mais qui va bien vouloir acheter ces gadgets ?

— Vous allez installer un kiosque ? demande Marjorie. Comme un magasin ?

— Non, répond Hélène. Vanessa a une bien meilleure idée.

Marjorie regarde sa sœur.

— Et qu'est-ce que c'est, comme idée ?

— On va être des commis voyageurs. On va parcourir le quartier avec nos produits. On pourrait les présenter dans une voiturette, ou quelque chose du genre. Et on sonnera à toutes les portes. Comme ça, on n'aura pas besoin d'attendre que les gens viennent à nous.

— Et vous allez annoncer des choses comme *Une offre incroyable : un attache-cravate !* c'est ça ? demande Marjorie, qui essaie de garder son sérieux.

— C'est un appareil pour faire les nœuds de cravate, pas un attache-cravate, corrige Margot.

— Bon, si tu veux, dit Marjorie.

— Mieux que ça ! ajoute Nicolas. Nous allons monter un spectacle.

— Comme dans l'ancien temps, lorsque les marchands ambulants parcouraient le pays avec un chariot rempli de potions et faisaient des démonstrations, explique Hélène.

— Et nous allons composer des chansons... poursuit Nicolas.

— Des chansons rap, précise Jacques.

— ... et préparer des danses... enchaîne Nicolas.

— Et des poèmes, l'interrompt Vanessa qui veut devenir poète.

— ... et peut-être même des pièces de théâtre, réussit à terminer Nicolas.

— Vous allez vendre vos bricoles en chantant des chansons rap ? demande Marjorie, incrédule.

— Oui, affirme Vanessa. Et nous allons demander aux triplets de se joindre à nous. Ils ont plein de choses à vendre, mais ce qui est encore plus important, c'est qu'ils vont ajouter du piquant à notre spectacle. Des *triplets* qui chantent du rap, ça va attirer les clients. Ils peuvent s'habiller et se coiffer de la même façon. Il faudrait leur trouver un nom.

— Tu devrais peut-être commencer par leur demander s'ils veulent participer, souligne Marjorie.

— Je suis sûre que oui, dit Vanessa d'un ton confiant. Ils n'ont plus de sous. Et ils veulent des yo-yo lumineux, comme celui de David.

Nicolas appelle ses frères pour leur expliquer le projet. Comme de fait, les triplets acceptent et disent qu'ils s'en viennent tout de suite. Bruno les accueille à la porte.

— Il faut vous trouver un nom, leur dit-il. Quelque chose de mieux que *Les triplets du rap*. C'était l'idée de Suzon.

Les triplets rejoignent les autres enfants dans la salle de jeu.

— On pourrait s'appeler *Les mauvais garçons*, suggère Antoine en riant.

— Non, s'objecte Marjorie.

— Pourquoi pas *Rap, rap, rap* ? propose Joël. Nous sommes trois, après tout.

— Est-ce qu'il nous faut vraiment un nom ? demande Bernard. Tout le monde va vendre des choses et chanter, pas seulement nous.

— Non! s'écrie Hélène. Je ne veux pas chanter. J'écrirai des chansons ou je fabriquerai des costumes.

— De toute façon, Antoine, Joël et moi ne serons pas les seuls à chanter, précise Bernard. Je ne pense pas que nous ayons besoin d'un nom.

— D'accord, fait Hélène. Et puis...

Elle s'arrête de parler parce qu'elle remarque que Matthieu essaie d'attirer son attention. Il s'est déplacé pour s'installer en face d'Hélène et lui parle rapidement par signes.

— Oh! dit-elle aux autres après un moment. Matthieu ne sait pas ce qu'est une chanson rap. Pendant que je lui explique, continuez à penser à notre projet.

Hélène se tourne vers son frère et discute avec lui par signes pendant que les autres enfants proposent des idées.

— Et les costumes? demande Jacques. Hélène a dit qu'elle préparerait des costumes. Mais quel genre de costumes?

— Vous devriez commencer par préparer vos chansons et vos numéros, suggère Marjorie. Ensuite, vous pourrez décider de vos costumes.

Les enfants se séparent en petits groupes et trient les objets qu'ils veulent vendre. Bruno, qui se préoccupe de Matthieu, va trouver Hélène.

— Est-ce que Matthieu va participer au spectacle? On ne peut pas le laisser de côté.

— Bien sûr! répond Hélène. C'est un mime extraordinaire. Je peux écrire un numéro pour lui. Tu feras la narration et il mimera le texte.

— Parfait! dit Bruno, soulagé.

Marjorie laisse les enfants organiser leur spectacle pendant le reste de l'après-midi. Dehors, le ciel s'est assombri et le vent s'est levé. Les chanteurs de rap sont bien heureux d'être à l'intérieur. Pendant qu'ils composent des chansons, examinent leurs produits et rédigent des sketches, Marjorie raconte une histoire à Marilou.

— Des problèmes avec vos nœuds de cravate? Nous avons la solution, récitent les triplets.

Hélène donne par signes des indications à Matthieu:

— Prends un air triste. Non, encore plus triste que ça... comme si tu allais pleurer. Maintenant, tu te mets à genoux et tu demandes la crème anti-pattes-d'oie.

Vanessa, elle, explique à Margot:

— C'est une chanson avec des gestes, un peu comme *Savez-vous planter des choux?* sauf que c'est l'histoire d'une petite fille qui s'endort et qui rêve qu'elle reçoit un machin pour faire des tranches.

Les enfants sont incroyables: ils réussissent à composer près de quinze chansons et sketches avant le retour de madame Barrette. Ils décident alors que samedi sera le grand jour.

CHAPITRE 14

Vendredi, maman est sortie deux fois. Elle est allée d'abord chercher le journal, pendant que j'étais à l'école. Elle s'est donc habillée pour la première fois depuis une semaine et demie. Et elle est allée passer une petite heure chez madame Picard, et elle est revenue à la maison en même temps que moi, après ma réunion du CBS. Maman m'a dit qu'elle se sentait mieux, mais elle s'est tout de même mise au lit très tôt ce soir-là.

Ce matin, samedi, elle se lève avant moi. Et plus tard, lorsque je pars garder Matthieu et Hélène, elle prend la voiture pour aller faire des courses. Je suis sûre que tout va bien aller.

J'arrive chez les Biron à dix heures et demie. Les enfants sont tout excités : c'est le jour de la grande tournée.

Je ne sais pas pourquoi, mais j'ai un mauvais pressentiment.

— J'espère que tout le monde va bien faire ça, dit Hélène, soucieuse.

— Moi, je veux récupérer mon argent, dit Matthieu en faisant des signes.

Monsieur et madame Biron seront de retour à seize heures. Ils vont rendre visite à la mère de madame Biron et doivent passer une bonne partie de la journée avec elle.

Vous savez pourquoi j'ai l'impression que la grande tournée ne se déroulera pas bien? Ce n'est pas parce que les enfants ne se sont pas préparés. Ce n'est pas non plus parce que je pense qu'ils donneront un mauvais spectacle. Non. Je suis certaine que le spectacle sera très amusant. En fait, c'est que je me dis que personne ne voudra acheter les objets que les enfants ont à vendre. À la fin de la journée, ils seront fatigués et découragés — peut-être même frustrés — et ils n'auront pas réussi à se débarrasser de tout ce qu'ils ont commandé. Les triplets ne pourront pas s'acheter de yo-yo. Je crois cependant qu'il vaut mieux n'en rien dire à Hélène et à Matthieu.

— À quelle heure commencez-vous votre tournée?

Hélène traduit ma question à Matthieu à l'aide de signes.

— On doit tous se réunir à onze heures chez Bruno, répond-elle. Et on devrait se mettre en marche dès qu'on sera prêts.

— Je vais venir avec vous, dis-je, si ça ne vous dérange pas.

— Pas du tout! s'exclame Hélène. On va s'amuser! Et...

Hélène s'interrompt et se tourne vers Matthieu, qui veut nous communiquer quelque chose.

— C'est vrai! s'écrie-t-elle. Matthieu me dit de ne pas oublier les costumes. Il nous faut nos perruques d'halloween.

— Et les accessoires, gesticule Matthieu. Le seau et la pelle.

Matthieu et Hélène vont chercher leurs costumes. Quinze minutes plus tard, Hélène annonce:

— Tout est prêt.

— Et les objets que vous allez vendre ?

— Oh ! la la ! on allait oublier !

Ils entassent pêle-mêle leurs gadgets, leurs flacons et leurs échantillons dans une voiturette rouge toute rouillée. C'est un véritable fouillis.

— Euh... vous ne pensez pas qu'il faudrait une présentation un peu plus soignée, plus attrayante ?

(Il faut que les enfants mettent toutes les chances de leur côté.)

Hélène examine la voiturette.

— Va chercher une serviette, lui signale Matthieu.

Ils étendent une vieille serviette bleue au fond de la voiturette et disposent leurs produits bien en ordre. Puis, nous partons chez Bruno.

Devant la maison des Barrette, on dirait un congrès de commis voyageurs : Bruno a sa voiturette, Jacques et Lysanne ont la leur, les Picard en ont deux (Marjorie est venue nous aider à surveiller les enfants) et les Biron et moi arrivons en tirant la nôtre.

Bruno prend la parole :

— Tout le monde a son costume et ses accessoires ?

— Oui !

— Tout le monde a sa voiturette ?

(La réponse à cette question est plutôt évidente, mais Bruno aime bien se donner de l'importance.)

— Oui !

— Tout le monde se rappelle quels objets il a à vendre ?

— Oui !

Puis une autre voix se fait entendre :

— Tout le monde a pensé à sa sœur ?

Bruno se retourne. Sur le perron, Suzon Barrette et Pascale Cadieux nous fixent d'un regard noir.

— J'ai acheté la moitié de nos produits, dit Suzon à Bruno, d'un ton indigné. Et j'ai même aidé à composer une chanson sur l'exerciseur de poitrine.

(Vanessa tousse très fort.)

— Et moi aussi, j'ai acheté la moitié de nos produits ! crie Pascale.

— Non ! répond Lysanne. Tu nous as seulement donné soixante-quinze cents.

— Vous êtes trop petites pour venir avec nous, dit Bruno. Nous allons peut-être aller très très loin.

— Jusqu'où ?

— Jusqu'à la maison de Jessie Raymond.

— Ce n'est pas si loin. De toute façon, Claire va partir avec vous.

— Oui, mais sa grande sœur va l'accompagner, explique Bruno en regardant Marjorie.

— Et si j'étais la grande sœur de tout le monde, aujourd'hui ? propose Marjorie. Je m'occuperai de Claire, de Pascale et de Suzon. Si elles sont fatiguées, je les ramènerai à la maison.

Bruno donne un coup de pied sur un caillou.

— C'est vrai que j'ai composé cette chanson, dit Suzon.

— D'accord, d'accord, répond Bruno. Bon ! On y va ! Nous allons commencer par les plus proches voisins.

— C'est moi qui vais sonner aux portes ! crie Margot en s'agitant.

— Du calme ! lui dit Marjorie.

Margot se calme et va sonner chez les Barrette. Madame Barrette ouvre la porte. Elle a un tablier noué autour de la taille. Marilou pleurniche, le visage appuyé sur les jambes de sa mère. Madame Barrette a un drôle d'air. Je crois qu'elle n'a pas tellement envie de se faire déranger par un groupe d'enfants qui vendent des exerciseurs de poitrine ou des lotions contre les taches de rousseur.

Bruno s'avance avec sa voiturette. Il jette un coup d'œil aux enfants qui sont derrière lui, puis il se retourne vers sa mère. Il finit par prendre dans sa voiturette le dispositif pour humecter les timbres et le tend à madame Barrette.

— Si vous n'avez plus de salive, dit-il, si vous écrivez des tonnes de lettres, alors nous avons l'article tout indiqué. Ça ne coûte qu'un dollar cinquante.

— Bruno... commence sa mère.

— Du zus ? demande Marilou.

— Dans un instant, ma chérie.

Les triplets viennent à la rescousse de Bruno.

— Vous faites des fautes en écrivant ? Notre super correcteur les effacera proprement !

Madame Barrette sourit.

— Bravo ! s'exclame-t-elle en donnant dix cents à chacun des triplets.

Bruno fait signe à sa sœur de s'approcher

— On va faire le numéro du *Génie du ménage*, lui chuchote-t-il.

Parmi tous les gadgets que Bruno a commandés, il y en a un qui s'appelle le *Génie du ménage*. Dans l'annonce, on disait que ce gadget permettait d'enlever la poussière aussi bien qu'un aspirateur, pour seulement soixante-neuf cents. En fait, il ne s'agit que d'un vulgaire chiffon.

Suzon, qui est très heureuse de participer, rejoint son frère près de la voiturette. Elle prend un balai, attache un tablier autour de sa taille et s'appuie mollement sur Bruno. Un peu plus et elle tombait par terre.

Bruno prend une voix d'annonceur de la radio. Dans un micro imaginaire, il dit :

— L'entretien ménager est-il un cauchemar ?

Il regarde Suzon puis lui donne un coup de coude.

— Oh ! s'écrie Suzon. Euh... je suis tellement fatiguée. Je n'arriverai jamais à finir le ménage et à être à temps au bureau.

— Essayez notre *Génie du ménage*, il fera pour vous tout votre ouvrage ! enchaîne Bruno.

Il regarde sa mère pour savoir si elle apprécie son numéro et poursuit :

— Vous n'avez qu'à employer le *Génie du ménage* que voici...

Suzon montre le chiffon.

— ... et la saleté disparaîtra, c'est garanti !

Bruno attend un peu et donne un autre coup de coude à sa sœur.

— Oh ! euh... ah ! c'est à peine croyable. Grâce au *Génie du ménage*, j'ai nettoyé toute la maison en deux fois moins de temps que d'habitude, et je ne me sens même pas fatiguée !

Bruno et Suzon font alors la révérence, pour indiquer que leur numéro est terminé.

Madame Barrette applaudit.

— Merveilleux ! s'exclame-t-elle en leur donnant chacun dix cents.

Bruno tend le *Génie du ménage* à sa mère.

— Ça ne vous coûte que soixante-neuf cents, lui rappelle-t-il.

— Eh bien... fait madame Barrette.

Les triplets lui montrent ensuite l'humecteur de timbres de Bruno.

— Seulement un dollar cinquante, annonce Bernard. C'est donné.

— Je... je ne crois pas que je vais en acheter, dit madame Barrette. Mais j'ai bien aimé le spectacle.

— Vraiment? demande Bruno.

— Oui, c'était très réussi.

— Alors on va chez moi! dit Vanessa.

La caravane de voiturettes rouges se met en marche jusque chez les Picard et s'arrête dans l'allée de garage. Margot va sonner.

— J'espère qu'il y a quelqu'un à la maison, me chuchote Marjorie.

Quelques instants plus tard, monsieur et madame Picard ouvrent la porte. (J'imagine qu'ils nous surveillaient par la fenêtre.)

— Pour l'amour du ciel, que se passe-t-il? s'exclame le père de Marjorie, comme s'il n'était pas au courant de notre grande tournée.

— Quel comédien! chuchote Marjorie.

— Qu'est-ce que vous avez à nous offrir? demande madame Picard.

Immédiatement, les triplets passent à l'action. Bernard prend un petit flacon transparent et, avec ses frères, chante sur un rythme de rap:

— Plus-jamais-de-rides-avec-l'anti-rides-miracle!

J'éclate de rire.

Lorsqu'ils ont terminé, monsieur Picard sourit. Il donne vingt-cinq cents à chacun des triplets. Sous le coup de l'inspiration, Matthieu et Nicolas entament leur numéro sur *L'ami du jardinier*.

— Avec *L'ami du jardinier*, tous vos problèmes seront réglés !

Madame Picard donne à chacun vingt-cinq cents.

Mais personne ne veut vraiment acheter *L'anti-rides* ou *L'ami du jardinier*.

Pendant tout l'avant-midi, c'est le même scénario. Nous allons d'une maison à l'autre, les enfants font des numéros très réussis et les spectateurs leur donnent de l'argent. Mais aucun d'eux ne parvient à vendre un de ses produits.

Nous arrivons chez Anne-Marie et Diane. La mère de Diane récompense les enfants pour leur numéro plus ou moins approprié mais tout de même très drôle sur les « exercices de poitrine ». Diane décide de se joindre à nous.

Et c'est reparti ! Nous approchons de la maison des Kishi lorsque tout un public nous attend, sur le trottoir. Nous sommes entourés par une mer d'enfants : les filles Seguin, les garçons Hobart, Jonathan Mainville et beaucoup d'autres clients du CBS.

Évidemment, ils ne veulent pas acheter — jusqu'à ce que Jacques sorte son flacon de poussière de Lune. Avant même qu'il ne puisse commencer son numéro spécial, Benoît Hobart crie :

— J'achète ! Je te donne trois dollars.

— Vendu ! dit Jacques.

Bruno montre son propre flacon de poussière de Lune. Myriam Seguin l'achète.

— J'en veux, moi aussi ! s'écrie Jonathan Mainville.

Margot lui vend son flacon.

— Moi aussi ! crie un enfant que je ne connais pas.

Nous regardons tous Suzon.

— Où est ta poussière de Lune ? lui demande Bruno.

— Je l'ai cachée, explique-t-elle. Je ne veux pas la vendre. Je suis une des vingt personnes chanceuses qui ont reçu de la poussière de Lune. Je la garde.

Un peu après le dîner, les plus jeunes (Claire, Suzon et Pascale) montrent des signes de fatigue, alors Marjorie les ramène chez elle. Les plus vieux continuent leur tournée, jusqu'à ce que je dise à Matthieu et Hélène qu'il est temps de rentrer. Leurs parents vont arriver bientôt. C'est la fin de la tournée. Les enfants n'ont presque rien vendu, mais ils ont gagné assez d'argent pour s'acheter plein de yo-yo. Ils décident d'organiser une autre tournée dans un quartier différent, la semaine prochaine.

CHAPITRE 15

— Claudia, qu'est-ce que c'est?

Je montre à mon amie un objet sur sa commode.

— C'est un tube de rouge à lèvres, répond-elle.

— Non, ce qui est à côté. Le petit tube rose.

— Eh bien, c'est une crème contre les pattes-d'oie, dit Claudia en rougissant. C'est Hélène Biron qui me l'a vendu.

— Mais tu n'as pas de pattes-d'oie !

— Regarde bien, je crois que j'en ai, me dit-elle en me montrant l'angle externe de ses yeux.

J'examine le visage de Claudia. Il est tout à fait lisse.

— Pas de pattes-d'oie en vue, Claudia. On n'a pas de pattes-d'oie à treize ans et... Hé ! mais qu'est-ce que c'est ?

— Oh ! c'est un anti-rides miracle.

— Claudia ! je suis sûre que tu l'as acheté des Picard, non ?

— Oui. Nos petits commis voyageurs sont revenus ici hier, et je n'ai pas pu résister. De toute façon, je me regardais dans le miroir, il n'y a pas longtemps, et j'ai remarqué que, lorsque je souris, j'ai des rides autour des yeux.

C'est vrai. Ou des pattes-d'oie, comme tu veux. Je ne sais pas exactement comment appeler ça. Regarde bien.

Claudia sourit sans grande conviction, et je comprends ce qu'elle veut dire.

— Mais ce ne sont pas des pattes-d'oie, lui dis-je. Ça s'appelle des rides d'expression. J'ai lu ça dans un article sur l'esthétique. Même les bébés en ont. Quand on sourit, il faut bien que la peau plisse. C'est un peu comme une loi de la physique.

— Je ne savais pas que la physique s'appliquait à l'esthétique.

— Ne change pas de sujet, Claudia.

— Écoute, je ne veux pas avoir l'air vieille. Alors, lorsque les enfants sont venus dans mon quartier, j'ai entendu leur chanson sur les pattes-d'oie et les rides. Je n'ai pas pu résister. Pas moyen. J'aurais eu l'impression de rater l'occasion de me garder jeune.

Nous sommes vendredi après-midi, et la réunion du CBS va commencer dans une demi-heure. Claudia et moi n'avons pas de garde aujourd'hui, ni d'autres projets. Alors nous discutons tranquillement dans sa chambre.

— C'est bien que tu sois venue, dit Claudia, quelques instants plus tard.

— Quoi ?

— Eh bien, pendant que ta mère était malade, tu étais tellement occupée qu'on se voyait seulement à l'école ou aux réunions. Tu n'avais pas une minute de répit. Tu ne pouvais pas venir me voir comme ça, pour le plaisir.

— Tu as raison. Les dernières semaines ont été plutôt pénibles.

— Mais c'est fini, maintenant.

— Oui.

Maman est complètement guérie. Le meilleur signe de sa guérison est que tout est revenu à la normale, dans la maison. Non seulement le ménage est fait, mais les choses sont comme avant. Est-ce que je vais un jour comprendre comment maman fait pour y arriver ? C'est peut-être un talent qui s'acquiert avec l'âge. Ou peut-être encore lorsqu'on devient parent. De toute façon, je n'ai plus à accomplir les tâches d'un adulte et je peux me concentrer sur mes devoirs et mon rôle de gardienne. De gardienne d'enfants. Maman est redevenue ma mère, elle cherche un emploi, fait du travail de remplacement et s'occupe de nous deux. Madame Picard nous rend souvent visite, mais en amie (j'ai finalement trouvé l'horaire de gardiennes que j'avais préparé pour maman ; il était coincé derrière mon bureau, et je l'ai jeté). Maman n'a même plus besoin de prendre des médicaments.

À dix-sept heures vingt, les autres membres du CBS sont dans la chambre de Claudia. Christine est la dernière à arriver, parce qu'elle doit se plier à l'horaire de son frère. Elle me sourit sans arrêt tout en prenant place dans le fauteuil de Claudia.

— Mais qu'est-ce qu'il y a de si drôle ? lui dis-je.

— Rien, répond Christine. Passons aux choses sérieuses. La réunion du CBS commence.

— Christine ! dis-je, as-tu fini de sourire en me regardant ?

Parfois, elle peut être immature. Ou encore frustrante.

Christine place un crayon derrière son oreille.

— Je viens seulement de découvrir quels sont les projets de Sébastien pour samedi soir, dit-elle.

(Christine a le don d'expliquer les choses à moitié. Il faut alors lui poser des questions.)

— Qu'est-ce qu'il y a, samedi soir? demande Anne-Marie.

— Sébastien a un rendez-vous, dit Christine.

— Avec qui? demande Jessie

Christine se tourne vers moi.

Soudain, toutes les filles me donnent une tape dans le dos et s'écrient:

— Sophie! La chanceuse!

Je souris moi aussi.

— Il m'a finalement appelée, dois-je admettre. Je ne voulais pas en parler. S'il l'avait su, il aurait peut-être annulé notre rendez-vous. C'est parce que, quand maman était malade et qu'il n'a pas pu me raccompagner à la maison, je pensais que tout était bien fini entre nous. Mais demain, nous allons au cinéma.

— Génial! s'exclame Diane.

Le téléphone commence à sonner, et nous obtenons quelques engagements.

— Hum... Claudia, dit soudain Marjorie. Je ne voudrais pas être indiscrète, mais c'est bien l'anti-rides de Joël, que tu as là? Et ce petit flacon, sur ta commode, ce ne serait pas la crème contre les pattes-d'oie?

Mes amies et moi éclatons de rire.

— D'accord, d'accord, répond Claudia. Ces petits sont des vendeurs très doués.

— Est-ce qu'ils ont réussi à tout vendre? demande Christine.

— Pas grand-chose, ou presque, dit Marjorie. Mais ils ont récupéré presque tout leur argent. Leurs numéros étaient très réussis.

— Est-ce qu'ils ont acheté des yo-yo ? demande Diane.

— Eh oui, fait Marjorie. Et non seulement mes frères et mes sœurs. Matthieu, Hélène, Bruno, Jacques et d'autres en ont acheté. Des yo-yo lumineux, comme celui de David.

— Hier, dit Jessie, j'ai gardé chez les Cadieux et Jacques a parlé d'un tournoi de yo-yo dans le quartier.

— Et voilà le prochain projet, commente Anne-Marie.

— Les enfants nous étonneront toujours, ajoute Christine.

— Encore une pensée profonde de Christine Thomas, dis-je.

Quelques instants plus tard, la réunion est terminée. Nous quittons la chambre de Claudia. Cette dernière se tient sur le perron et nous envoie la main pendant que nous enfourchons nos vélos (à l'exception de Christine, que son frère Charles est venu chercher en voiture). Jessie file dans une direction, et Anne-Marie, Diane, Marjorie et moi partons dans l'autre sens. Lorsque j'arrive à la maison, je gare mon vélo dans le garage.

— Bonjour, maman. Eh ! ça sent bon ! Tu as mis la table dans la salle à manger ? Pourquoi ?

(Nous utilisons la salle à manger seulement pour des occasions spéciales.)

— Tu verras.

Ce soir, nous mangeons une salade, une ratatouille et du pain de maïs. Maman et moi sommes assises face à face, et deux bougies éclairent la pièce.

— Alors, est-ce qu'on fête quelque chose ?

— Peut-être, répond maman.

— Tu as obtenu un emploi ? C'est ça ?

— Peut-être.

119

— Maman, parle ! Tu dis les choses à moitié, comme Christine.

Ma mère sourit.

— J'ai peut-être obtenu un emploi. Tu te souviens de mon entrevue chez *De tout pour tous* ?

— Oh oui !

— Et la fois de la deuxième entrevue, quand j'ai perdu conscience ?

— Mais oui... Hé, maman ! tu n'es pas tombée évanouie pendant l'entrevue, n'est-ce pas ? Écoute, si c'est ce qui est arrivé, ce n'est pas une très bonne chose. Ton futur patron n'a sûrement pas aimé ça.

— Non, ma chérie. Mon malaise est survenu avant l'entrevue. Mais plus tard, j'ai appelé la directrice du personnel, je lui ai expliqué ce qui m'était arrivé et que je devais me reposer quelque temps. Je ne pensais pas qu'elle me rappellerait. Crois-le ou non, elle l'a fait pendant que tu étais chez Claudia et elle était ravie de savoir que j'allais mieux. Elle a fixé une entrevue pour lundi, et elle m'a même demandé à quel moment je serais prête à commencer.

— Maman, c'est formidable ! Et n'oublie pas de vérifier si tu vas avoir des rabais sur la marchandise, comme on le fait un peu partout pour les employés.

Je lève mon verre à la santé de maman.

— Félicitations !

— Merci chérie !

— Quand as-tu l'intention d'annoncer la chose à papa ?

— Dès que ce sera officiel. Lui as-tu parlé dernièrement ?

— Non, pas depuis mon voyage à Toronto.

— Tu devrais l'appeler.

— Peut-être. J'ai quelque chose à lui dire.

— Quoi?

— Il faut que je lui parle de ce que j'ai appris pendant ta maladie. J'ai mis du temps à comprendre. Tu te souviens, maman? Je pensais qu'il était plus facile de ne pas décider du tout plutôt que de décider entre toi et papa. J'ai alors décidé de vous plaire à tous les deux. Et, tu sais? C'est devenu bien plus compliqué. Tout s'est bousculé tellement vite. J'ai gâché la réception en l'honneur de papa. On est même arrivés en retard, car il m'a fallu repasser mes vêtements que j'avais mis pêle-mêle dans ma valise. J'ai bâclé l'horaire de tes gardiennes, et elles sont toutes venues en même temps, ou presque. Puis, à mon retour, je me suis endormie au lieu de veiller sur toi, et tu as dû appeler madame Picard pour qu'elle te donne tes médicaments.

— Sophie, dit maman, ton père et moi te sommes très reconnaissants. Tu as fait tout ce que tu as pu. Mais n'essaie pas de satisfaire tout le monde. N'oublie pas que *Charité bien ordonnée commence par soi-même*. Je ne veux pas dire que tu dois être égoïste, mais tu as ta vie à vivre, Sophie.

— Je sais. Mais après un divorce, les règles ne sont plus les mêmes. Je ne sais pas toujours comment agir. Tout a changé.

— Tout a changé pour ton père et moi, dit maman.

Je vais tâcher de m'en souvenir. Quand j'écrirai le *Manuel du divorce à l'intention des enfants*, un chapitre sera intitulé *Autres temps, autres règles*.

— Je pourrais appeler papa ce soir, dis-je finalement.

— Parfait. Je suis sûre qu'il va être content.

Je m'apprête à composer le numéro, mais j'ai une idée. Je raccroche, je consulte mon agenda et j'essaie de trouver la date de la prochaine longue fin de semaine. En espérant que papa sera libre lui aussi.

Je reprends le combiné, mais pour appeler Claudia.

— Allô ? J'ai besoin de ton aide. Pourrais-tu me faire un genre de certificat d'honneur ? C'est pour mon père. Quelque chose d'assez grand pour être encadré et suspendu au mur. Avec, en belles grosses lettres : *LE PÈRE LE PLUS FANTASTIQUE DE L'ANNÉE.*

J'ai décidé d'organiser ma propre soirée pour papa. Je vais lui préparer un souper et prononcer un discours pour faire son éloge. Puis je lui remettrai son certificat.

Il va savoir combien je l'aime.

Je compose son numéro.

— Allô, papa ?... C'est moi, Sophie.

Quelques notes sur l'auteure

Pendant son adolescence, ANN M. MARTIN a gardé beaucoup d'enfants, à Princeton, au New Jersey. Maintenant, elle ne garde plus que Mouse, son chat, qui vit avec elle dans son appartement de Manhattan, dans le centre de New York.

Elle a publié plusieurs autres livres dans la collection *Le Club des baby-sitters*.

Elle a été directrice de publication de livres pour enfants, après avoir obtenu son diplôme du Smith College.

Titres de la collection

ACHEVÉ   D'IMPRIMER
EN   OCTOBRE   1996
SUR   LES   PRESSES   DE
PAYETTE   &   SIMMS   INC.
À SAINT-LAMBERT (Québec)